# 다시 한 번 6

손종호 장편소설

초판 1쇄 찍은 날 § 2017년 1월 16일
초판 1쇄 펴낸 날 § 2017년 1월 23일

지은이 § 손종호
펴낸이 § 서경석

편집책임 § 김경민

펴낸곳 § 도서출판 청어람
등록번호 § 제387-1999-000006호
등록일자 § 1999. 5. 31
어람번호 § 제1-2608호

주소 § 경기도 부천시 부일로 483번길 40 서경B/D 3F (우) 14640
전화 § 032-656-4452  팩스 § 032-656-4453
http://www.chungeoram.com
E-mail § chungeorambook@daum.net

ISBN 979-11-04-91165-1 04810
ISBN 979-11-04-90670-1 (세트)

손종호 장편 소설

다시
한
번
6

FUSION FANTASTIC STORY

도서출판 청람

# 다시
## 한번

# 목차

# 1장

## 남부지검 Ⅰ

이런, 이런… 얼마나 됐다고 고새 전화를 하시나?

"여보세요. 예, 누나."

―오늘 염성훈 씨가 찾아간다고 했었는데, 어떻게 만나봤어?

"예, 조금 전에 만나뵀어요."

―그래? 그럼, 어떻게 사건은 맡기로 한 거야?

"아, 그게… 아는 선배분께 부탁드렸어요."

―응? 성훈 씨가 그럴 성격은 아닌데?

"사정이 조금 있었어요. 뭐, 성훈 씨도 허락을 한 부분이니 그건 걱정하지 않으셔도 돼요."

―그래? 아무튼 잘됐네. 승민아, 잘 해결해 줘서 고마워.
나중에 밥 한번 살게.

"누나."

―응?

"밥은 됐고, 이번엔 누나가 제 부탁 하나만 들어주세요."

―뭐? 얘 봐라~ 갑자기 무슨 부탁? 이거 왠지 불안한
데?

"별거 아니에요."

―다행이네~ 괜히 심술부리면서 엉뚱한 부탁하면 어쩌
나 했는데. 그럼 뭔지 말해봐.

"전화로 말하긴 좀 그런데, 이번 주말에 만나서 말해 드
릴게요."

―뭐야~ 별거 아니라면서 갑자기 왜 만나재!

"에이, 오랜만에 얼굴도 보고 좋죠. 안 그래요?"

―알았어. 내가 무슨 거부권이 있겠어. 그럼 토요일에
시간 비워놓을 테니까, 편할 때 연락해.

"예, 그럼 그때 봬요."

―응, 고생하셔~

"누나도요."

미안해요, 누나. 그리 쉬운 일은 아닐지도 몰라요.

9월 중순, 오랜만에 사무실엔 활기가 넘쳤다. 모두 중국에서 도피 생활을 하던 조두칠의 차남 조성균이 중국 공안에 의해 체포된 덕분이었다.

자금의 은닉처와 비밀 장부를 가지고 있던 이 조성균의 체포로, 우린 그간 정체되어 있던 조두칠 사건을 일소에 해결할 수 있었다.

"이야! 검사님, 이거 완전 비엔나소시지가 따로 없네요~"

"그러게요. 관련이 안 된 정치인을 찾는 게 더 힘들 정도이니."

"정치인뿐만 아니라, 검경 쪽 인물들도 이렇게 많이 연관됐을 줄은 꿈에도 몰랐습니다."

"이러니, 그렇게 요리조리 도망을 다닐 수 있었겠죠."

"이거 이러다, 우리 검사님! 뉴스에 한 번 더 나오시는 거 아닙니까?"

은근히 그러길 바라는 것처럼 수사관이 능글맞은 눈빛을 보내온다.

"안 그래도 부장님께서 그런 말씀을 하셔서 사양했으니, 그럴 일은 없을 겁니다."

"하아… 그렇습니까?"

얼씨구? 누가 보면 범인이라도 놓친 줄 알겠어…….

"저를 놀리지 못하게 돼서 안타까워하는 마음은 이해합니다만, 일이 태산이니 잡담은 여기까지 하죠."

"놀리다뇨! 정말 억울합니다, 검사님!"

*       *       *

9월 18일, 각 방송 뉴스에선 현역 국회의원 15명, 대구지검 검사장과 서울, 대구 지역 기타 검사 3명 및 경찰 간부 6명이 추가로 조두칠 사건과 관계되었다는 보도가 한창이었다.

"개새끼들. 방탄 국회다 뭐다 하면서 사건만 터지면, 그렇게 지랄 발광을 해싸더니 이번엔 꼼짝도 못 하는구만."

"이 상황에 잘못 나섰다간, 정치 생활 자체가 끝장날 수도 있다는 걸 지들도 아는 거겠죠."

"그렇겠지. 아~ 속이 다 후련하구만. 그래, 승민아. 그동안 야근하느라 고생했다."

"선배야말로 저 도와주시느라 고생이 많았죠. 감사해요."

"새끼, 알면 됐다. 아, 맞다. 이번 10월에 인사이동 있는 거 알지?"

"예. 그렇다고 듣긴 했어요. 근데 왜요?"

"니, 한번 기대해도 될 끼다."

"예?"

"뭘 그리 놀라노? 이 정도의 사건을 해결했는데, 콩고물 하나 안 떨어질 것 같나? 잘하면 법무부나 대검으로 발령 날지도 몰라."

"아무리 그래도 그게 그렇게 쉽겠어요?"

"아니다. 민 검사한테 들으니까, 부장님께서도 저번 회식 때 은근슬쩍 말씀하셨다고 하더라."

"부장님께서요?"

"그래. 인마 보게, 내가 빈말하는 사람으로 보이나?"

"그럴 리가요, 선배. 당연히 믿죠. 너무 갑작스러운 일이라 그랬어요."

"아무튼 일단 그렇게 알고 있어."

"예, 선배."

"뭐야? 반응이 왜 이리 시원찮아? 별로가?"

"당연히 좋죠. 근데……."

"근데 뭐?"

"검찰청 식구들이랑 이제야 정 좀 붙었는데… 벌써 헤어질지도 모른다고 생각하니까 시원섭섭해서요."

"지랄하네. 이래 놓고 나중에 찾아갔더니 얼굴도 안 비추는 거 아이가?"

"지민이야, 뭐 당연히 만나겠지만, 글쎄요~ 선배는 생각을 좀 해봐야겠는데요."

"뭐라꼬? 어딜 슬슬 뒷걸음질을 쳐? 최승민, 일로 안
와?"

"선배라면 가겠어요? 저 먼저 퇴근합니다."


이렇게 나를 위기로 몰아넣었던 조두칠 사건은 마무리
가 됐다. 하지만 몇 가지 의문이 들었다. 내가 살던 미래에
선 이런 대규모 국회의원 체포 사건은 없었던 걸로 기억하
는데. 설마 내가 미래를 바꾼 걸까?

뭐, 이건 어찌 됐든 해결했으니 상관없었지만 문제는 조
두칠 사건으로 여론의 관심이 시들해지고 있는 강도준 의
원 살인 사건이었다. 어찌 된 걸까? 설마 내가 모르는 사건
이 있는 건가……. 지금은 그저 내 기억이 잘못되었길 바
랄 뿐이었다.


*            *            *


"검사님, 소문 들었습니다. 그런 일이 있으면 저희에게 미
리 말씀해 주셔야 하는 거 아닙니까? 이거 섭섭하네요."

"뭐가요? 무슨 소문을 들으셨길래 이러세요."

"이번 달 인사이동 때 대검으로 가시는 거 다 압니다."

"아, 난 또 뭐라고……."

내 담담한 행동이 마음에 들지 않았는지, 수사관의 오버 액션이 시작됐다.

"검사님! 너무하신 거 아닙니까! 난 또 뭐라니요!"

사무실이 떠나가라 소리치는 그를 막기 위해 윤정 씨를 바라봤지만, 그녀는 내게서 고개를 돌려 버렸다.

당신까지 이러면 나보고 어쩌라는 거야?

"수사관님, 진정하시고 제 말부터 들어보세요."

"사실만 말씀해 주시죠! 대검으로 가시는 거 맞으시죠!"

"모르겠어요, 저도."

"예……? 모르신다고요?"

"소문이 왜 소문이겠어요?"

"정말입니까?"

수사관의 질문에 윤정 씨가 힐끔 이쪽을 바라봤다. 확정 된 것이 아니라 말을 안 했었는데, 둘 다 신경이 쓰였던 건 가?

"저도 임 선배께 그런 소문이 있다는 건 들었습니다. 근 데 정해진 게 없으니 확답을 드릴 수가 없잖아요. 당연히 그런 일이 있으면 두 분께 제일 먼저 말씀드리지 않았겠어 요?"

"그렇습니까?"

"예. 저도 이곳에 남아 있는 게 훨씬 좋으니, 다들 그런 일 없길 바라죠."

한 달 전부터 누가 어느 곳으로 발령이 날 것이다, 라는 소문만 무성했던 인사이동이 드디어 공지되었다. 그리고 그 안엔 내 이름도 포함되어 있었다.

"이게… 말이 되나?"

인사이동이 결정된 후, 평소 친했던 검찰청 식구들이 모인 자리에서 임 선배가 꺼낸 첫마디였다.

"하… 우리 검사님, 제발 대검으로 가지 말게 해달라고 그렇게 빌었는데, 이럴 줄 알았으면 그러지 말 걸 그랬습니다."

임 선배의 말에 이 수사관이 평소의 유쾌한 모습은 어디다 두고 왔는지 침울한 목소리로 그에게 동조하자, 다들 한마디씩 거들기 시작했다.

"에이, 당사자인 저는 아무렇지도 않은데, 다들 왜 이러세요?"

"미치겠네. 너, 인마. 아직도 이게 뭔 일인지 사태 파악이 안 되나?"

왜 모르겠어요. 당연히 알지…….

"임 검사님 말씀대로 이건 단순한 인사이동이 아닙니다.

최 검사님, 검사님을 좌천시키기엔 무리가 있으니 건너 건너 보내려는 수작입니다."

"하 수사관님, 저도 압니다, 그래도 어쩌겠어요. 안 갈 수도 없잖아요."

"진짜 너무하네요. 어떻게 이럴 수 있는지 모르겠어요. 무슨 방법이 없을까요?"

말을 마친 지민이 주위를 둘러봤지만, 누구 하나 입을 여는 사람은 없었다.

어쩔 수 없나.

"다들 그만하죠. 누가 보면 강원도나 전라도로 가는 줄 알겠어요. 남부지검이면, 엎어지면 코 닿을 거리구만."

"하… 저 꼴통 새끼… 니 지금 웃음이 나와?"

"별일 아닌 일에 다들 민감해하니, 저라도 웃어야지 어쩌겠어요."

"하여간 우리 검사님 다른 건 몰라도 배포 하나는 알아 줘야 한다니까요."

평소엔 그렇게 눈치 없이 굴던 양반이 갈 때가 되니 이럴 건 뭐람.

"다들 검사님께서 원하시는 대로 밝게 보내 드리죠."

"내도 이제 모르겠다. 오늘 다들 시간 빼세요. 죽어라 마셔보죠."

정계를 건드린 대가라, 내 손발부터 쳐내려는 모양인데… 이거 까딱 잘못하다간 내년쯤엔 제주도에 가 있을지도 모르겠는걸.

＊　　　＊　　　＊

새로 배정받은 사무실을 둘러보고 있을 때, 문이 열리며 20대 후반으로 보이는 여성이 안으로 들어왔다.

"처음 뵙겠습니다. 이번에 남부지검 형사 1부로 발령을 받게 된 검사 최승민입니다."

"아, 안녕하십니까, 앞으로 검사님을 보좌하게 된 수사관 오은서라고 합니다. 혹시 제가 기다리시게 한 건 아닌지 모르겠네요."

"아닙니다. 방금 도착했는걸요."

"휴, 다행이네요."

"그럼 수사관님, 앞으로 잘 부탁드립니다."

"저야말로 잘 부탁드려요."

흠… 그나저나 실무관은 언제 오려나? 이런, 구두 소리가 가까워지는 걸 보면 양반은 아닌 모양이군.

벌컥!

"어… 어… 어! 죄, 죄송합니다~!"

꽤나 화려한 등장이시네…….

서둘러 들어오려다 발을 삐끗했는지, 넘어질 뻔한 여성은 황급히 허리를 숙이며 사과를 해왔다. 그런 그녀를 본 수사관이 이마에 손을 짚으며 한숨을 내쉬었다.

"괜찮아요?"

"예, 괜찮아요……."

"그럼 일단 인사부터 드려요. 이번에 발령되어 오신 최승민 검사님이세요."

"아! 안녕하세요! 이혜정이라고 합니다!"

"예, 반갑습니다. 최승민이라고 합니다. 잘 부탁드려요."

"넵!"

하? 넵이라…….

황당해하고 있는 내게 수사관이 다가와 이해해 달라는 눈빛을 보내왔다.

"혜정 씨가 저번 달에 입사를 해서……."

"아, 그랬군요. 오히려 잘됐네요. 저도 아직 1년 차도 안 된 초짜이니, 서로 도우며 배워가면 되겠네요."

"감사합니다!"

반색하는 혜정 씨와 달리, 은서 씨의 표정은 뭔가 미묘했다. 마치 웃음을 참고 있는 느낌이랄까?

"글쎄요, 그런 말씀을 하시기엔 경력이 너무 화려하신 거 아닌가요?"

"제가요? 중앙지검에 있을 때 몇 건 맡지도 않았는데, 화려할 게 있나 싶은데요?"

"단 한 건의 사건도 실패한 적이 없으신 서울중앙지검 에이스께서 너무 겸손하시네요."

에이스라…….

내겐 그 단어가 그리 유쾌하지만은 않은데. 그리고 그 오글거리는 멘트는 대체 뭐야?

"다 주변에서 도와준 덕분이죠. 신입인 제가 뭐 알고 했겠습니까."

"그건 뭐, 차차 알게 되겠죠."

흐음, 이거 생각보다 기가 센 아가씨구만.

"저… 죄송한데…….."

옆을 보니, 기어들어 가는 목소리완 달리 해맑은 표정을 지은 혜정 씨가 깜찍하게 오른손을 살짝 들어 보였다.

"예, 혜정 씨. 혹시 무슨 하실 말씀이라도 있으신가요?"

"그게… 다름이 아니라… 화장실 좀 다녀와도 될까요?"

그녀의 엉뚱한 말에 맥이 확 풀려 버렸다. 어느새 그녀에게 다가가 친절히 설명해 주는 수사관을 보니, 나만 그런 것이 아니었던 모양이다.

"혜정 씨가 조금 엉뚱하죠?"

"예, 뭐. 상당히 밝으신 분인 것 같네요."

그나저나 졸지에 꽃밭에 앉아 버렸구만. 아니, 갇힌 건가.

## 2장

남부지검 II

"그런데 검사님."

"예, 말씀하세요."

내 시선에 부담을 느낀 걸까? 그녀가 어색한 미소를 지었다.

"갑자기 웃어서 죄송합니다."

"괜찮습니다. 근데 하시려던 말씀은……."

"아! 그… 실례가 안 된다면, 업무에 대해서 알려 드릴까 해서요."

업무? 에이스다 뭐다 해놓고, 결국 신입 검사라 믿음이 안 간다는 건가?

"어머, 제가 말을 잘못한 것 같네요."

아무래도 직업이 직업이다 보니 눈치 하난 빠르구만.

"업무라기보단, 주의하실 점이나 특이 사항이라는 게 맞겠네요."

"안 그래도 모르는 것투성이였는데 뭐, 저야 수사관님께서 그렇게 해주신다면 감사하죠."

승낙을 받은 그녀는 조금 부담이 느껴질 만큼 열성적으로 관할 지역과 내게 인계된 사건에 대한 설명을 해주었다.

"그 사건은 특이한 점이 있어요."

"여기 신 검사님께서 써놓으신 코멘트엔 원한에 의한 살인 사건일 가능성이 높다고 적혀 있는데, 수사관님께선 의견이 다르신가 보군요."

"오늘따라 제가 실수를 많이 하네요. 사실 제 의견이 아니라 담당 형사 의견이에요."

"담당 형사요?"

"그러니까……."

뭐지, 왜 말을 망설이지?

"어차피 곧 만나게 되실 테니, 그냥 말씀드릴게요."

"그렇게 말씀하시니, 이거 왠지 불안해지는데요?"

안심하라는 듯 그녀는 미소를 지으며 말을 이었다.

"강서 경찰서 강력 3팀 박 반장이란 분이신데, 전임이셨던 신 검사님께선 불편해하셨지만 사실 그렇게 나쁘신 분은 아니세요."

상관인 검사를 불편하게 했다라. 이거 왠지 꼴통일 것 같은 냄새가 나는데……

그런 내 생각에 화답이라도 하듯, 안으로 들어서던 혜정 씨가 놀란 눈으로 주위를 두리번거리며 우리에게 물었다.

"박 반장님께서 오셨나요?"

"아니요, 혜정 씨. 잠깐 염창동 살인 사건에 대해서 말씀드리다가 박 반장님에 대한 이야기가 나온 거예요."

"아……."

은서 씨의 말에 과도하게 안도를 하는 그녀의 모습이 신경에 거슬렸다.

"혜정 씨, 왜 그러신가요?"

"저번에 한번 뵀을 때, 제가 그분께 실수를 해서 뵙기가 조금……."

"실수라면?"

"제가 음료수를……."

머리를 긁적이는 걸 보면, 더 안 들어봐도 무슨 일일지 알 것 같다. 그래도 박 반장이란 양반이 검사한테만 까칠한 모양이네.

"그럼, 계속 말씀드릴까요?"

"그러시죠. 아까 특이한 점이 있다고 하셨죠?"

"예, 수사를 진행한 형사와 신 검사님의 의견이 일치하는 구석이 없습니다. 신 검사님께선 조폭들이 흔히 사용하는 살해 방식 중 하나라고 주장했지만, 담당 형사는 전문가에 의한 정교한 살해 방식이라고 주장했거든요."

이게 무슨 말이야?

"수사관님, 여기엔 '피해자를 묶어놓고 오른쪽 손목을 도끼로 내려쳤다'라고 나와 있는데, 정교함과는 거리가 조금 있지 않나요?"

"기타, 다른 외상 없이 손목만을 잘라 출혈 과다로 피해자를 죽게 만든 점을 말하려고 했던 건 아닐까요?"

흠, 그렇다면 이해가 되긴 하는데, 대체 무슨 이유 때문에 이렇게 둘의 의견이 극명하게 갈린 거지?

"그렇군요. 근데 이상하네요. 사건 자체가 밝혀진 것이 이렇게 적은데, 신 선배는 왜 원한에 의한 살인이란 추측을 한 거죠?"

"그건 피해자가 대부업 쪽 관계자라 이해관계나, 원한에 의한 살인일 가능성이 높아서 그랬을 거예요. 실제로 이 일대 폭력 조직에 관련된 사람이었구요."

그렇다고 해도 너무 성급한데?

"검사님께선 어떻게 생각하시나요?"

내게 무슨 기대를 하는지, 오 수사관이 부담스러운 눈빛을 보내온다.

"글쎄요? 이 상황에선 말씀드리기가 그러네요. 좀 더 알아봐야 무슨 의견을 내도 낼 수 있을 것 같은데요?"

"그러신가요."

대답을 회피하는 것이 못내 아쉽다는 듯 그녀가 입술을 매만지고 있을 때, 옆에서 혜정 씨가 갑자기 박수를 치며 말했다.

"아! 신 검사님이랑 박 반장님께서 이 사건에 대해 말씀하시는 걸 들었던 것 같아요."

들었던 것 같다고?

"혜정 씨가 두 분이 이야기하시는 걸 들으셨다고요?"

"제가 말씀을 못 드렸네요. 혜정 씨가 신 검사님과 함께 일했었습니다."

"그랬습니까?"

"예, 미리 말씀드렸어야 했는데. 죄송합니다."

"괜찮습니다. 그것보다, 혜정 씨. 두 분께서 무슨 말씀을 나누셨나요?"

"그게… 현장에서 손을 못 찾은 게 이상하다고 하셨었어요."

"혹시 잘린 손을 말씀하시는 건가요?"

"예."

옆에서 고개를 갸웃거리는 수사관을 보니, 그녀도 이것에 대해선 알지 못했던 모양이다. 확인을 위해 기록을 뒤져보자, 확실히 두 번째 페이지에 그녀가 말한 내용이 쓰여 있었다.

뭐야? 내가 봤을 땐 이게 이 사건에서 가장 이상하구만, 둘은 왜 그런 대화까지 나눠놓고 다른 곳에 초점을 맞춘 거지?

이거 아무래도 첫날부터 바쁘게 움직여야겠구만.

"흐음… 박 반장님이라고 하셨죠?"

"예, 갑자기 왜 그러신가요?"

"내일쯤 만나보려고 했는데, 오늘 한번 만나봐야 할 것 같네요."

"그러시면 저도 같이 가겠습니다."

강서 경찰서에 간다는 말을 듣고 같이 나설 채비를 하는 수사관을 황급히 말려야 했다.

"아닙니다. 몇 번 가봤던 곳이니, 저 혼자 가도 됩니다."

"그래도……."

이 아가씨야, 마음은 고맙지만, 우리 둘 다 나가면 저 초짜 아가씨는?

"아직 첫날이라 정리도 잘 안 됐는데, 둘 다 나가면 혜정 씨가 힘들 테니 수사관님은 혜정 씨 좀 도와주세요."

"아… 예, 알겠습니다."

*　　　*　　　*

하… 한 달 된 초짜와 검사에게 배타적인 형사 반장까지. 너무 열렬히 환영해 주시니 몸 둘 바를 모르겠네.

"젠장! 그 양반, 이름을 물어본다는 걸 깜박했구만. 어쩔 수 없나? 설마 박 반장이란 인간이 여럿이겠어."

꼬이려니 진짜 별게 다 꼬이네. 털레털레 경찰서로 향하고 있지만, 내가 보기에도 발걸음에 힘이 없다는 게 느껴졌다.

"무슨 일로 오셨습니까?"

"이번에 남부지검에 배속된 검사 최승민이라고 합니다. 사건 때문에 강력 3팀 박 반장님을 만나뵈려고 왔습니다."

"아, 그러셨군요. 이쪽으로 오시죠."

강력계에 도착하자 내게 잠시 기다리라고 말한 형사가 누군가에게 다가갔다. 잠시 후, 한 덩치 하는 스포츠머리의 남성이 내게 와서 악수를 청했다.

"안녕하십니까? 새로 오신 검사님이시라구요? 이렇게 만나뵙게 돼서 반갑습니다. 강력 3팀을 맡고 있는 박준혁이라고 합니다."

"저야말로 이렇게 만나뵙게 돼서 반갑네요. 검사 최승민입니다."

앞으로 잘 부탁한다는 뜻인지, 내 손을 맞잡은 그가 강하게 힘을 주어왔다.

"이 형사에게 들어보니 사건 때문에 오셨다고요? 혹시 염창동 사건 때문에 그러십니까?"

"예. 맞습니다, 반장님. 바쁘지 않으시면 혹시 지금 사건에 대해서 들을 수 있을까요?"

"그럼요, 당연하죠."

그렇게 말하며 주위를 한번 둘러본 그는 이내 머리를 긁적였다.

"보시다시피 시장통이 따로 없어서 자리를 옮기는 편이 나을 것 같습니다."

"대화도 길어질 것 같은데, 그렇게 하죠."

경찰서 밖에 있는 벤치로 안내한 그가 미소를 지으며 내게 말했다.

"오랜만이다, 최승민."

"그러게요. 근데 언제 팀장으로 승진하신 거예요?"

"한 2년 됐지. 참 나, 새로 온다는 검사가 누군가 했더니 네놈일 줄이야."

"저보다 놀랐을려구요. 몇 년 전에 다른 곳으로 부임했다고 하셨잖아요?"

"그랬지. 팀장으로 승진하면서 다시 온 거야. 뭐야, 이거 마음에 안 드는 모양인데?"

"그럴 리가요. 지금 좋아서 입술 실룩거리는 거 안 보이세요?"

하늘이 무너져도 솟아날 구멍이 있다는 걸 이렇게 깨닫게 됐는걸요.

"하여간, 짜식. 넉살은 여전하구나. 됐다, 됐어. 해후는 나중에 하고, 일단 일 이야기나 하자."

"예. 보고서는 읽어봤는데, 도통 이해가 안 되는 점이 많더라구요. 대체 어떻게 된 사건이에요?"

"흐음… 그게……"

"왜 그러세요, 형사님?"

"니가 그걸 봤으면, 나 같았을걸."

기억도 하기 싫은지 인상을 잔뜩 찌푸린 박 형사님께서 혀를 끌끌대며, 어쩔 수 없다는 듯 이야기를 시작하셨다.

"저녁쯤이었나, 창고에 사람이 죽어 있다는 신고를 받았어."

"신고요?"

"그래. 창고 주인이 물건을 정리하려다가 문밖으로 흐르는 핏물을 발견하고는 신고를 했는데, 어지간히도 놀랐는지 계속 횡설수설하더라고. 그러다 사람이 죽어 있다는 말을 듣고 바로 출동했지."

"그래서요?"

"가보니까 가관이더라. 한 남자가 오른손이 잘린 채 의자에 묶여 있었는데, 의자 주변은 팔에서 흐른 피 탓에 온통 피바다였어. 더 끔찍했던 건 살려고 발버둥을 친 흔적이 고스란히 남아 있었다는 거야."

"저… 형사님."

"응?"

"조금 이상한데요. 벌목용 도끼로 손목을 내려쳤을 거라고 적혀 있던데, 의자에 앉혀놓고 그게 가능한가요?"

"신 검사는 가능했을 거라고 했었고, 난 회의적이었어. 손목이 없었던 게 그걸 뒷받침해 준다고 생각했거든."

"형사님께선 다른 장소에서 손목을 자른 뒤에 피해자를 창고로 옮겼다고 생각하신 건가요?"

"그래. 의자가 바닥에 고정이 된 것도 아니고. 너도 그 의자를 보면 알게 되겠지만, 내려찍는 도끼를 버틸 만한 것도 아냐."

"그럼, 신 검사는 왜 가능했을 거라고 생각한 거죠?"

"눕혀놓고 내려쳤다면 가능했다는 건데, 국과수 조사 결과, 상처가 신 검사의 말처럼 팔등이 아니라 엄지가 위치한 부분에서 시작됐다고 했으니 그랬겠지. 근데 바닥에 눕힌 상황이라고 쳐도, 살려고 몸부림치는 상대의 손목을 한방에 잘릴 정도의 힘으로 내리쳤다면 바닥에 도끼 자국이 남아 있어야 정상 아니냐?"

"사전에 팔 밑에 무언가를 댔다면 가능하지 않았을까요?"

양쪽 모두 신빙성은 있어. 이거 골치 아프구만. 같은 시체를 보고 전혀 다른 의견이라……

"그럴 가능성도 있지. 그건 이제부터 함께 알아보죠, 검사님."

형사님께서 기대한다는 듯 내 어깨를 잡아왔다.

"시작부터 너무 부담을 주시는 거 아니에요?"

"부담은 무슨. 마음에도 없는 소리 하긴."

제대로 된 단서조차 하나 없는 암울한 사건을 맡게 되었지만, 그의 말처럼 난 미소를 짓고 있었다.

"그럼 말씀대로 앞으로 잘 부탁드립니다, 박 반장님."

"옙. 저야말로 잘 부탁드립니다, 최 검사님."


"어떻게, 박 반장님은 잘 만나셨습니까?"

"예, 수사관님. 만나서 사건에 대해 이야기를 나누느라 조금 늦었습니다. 근데 딱히 성과는 없네요."

"보통 이럴 땐, '상대가 어떤 사람인 것 같다'라는 말부터 먼저 하지 않나요?"

"그러네요. 사건이 너무 복잡하다 보니, 제가 그 생각만 했나 봅니다."

"아무튼 그래서 직접 만나보니 어떻든가요?"

"소신도 있고, 호탕한 사람 같던데요."

"엥? 그게 다예요?"

"뭐, 이제 한 번 만났는걸요. 다른 점들은 차차 알게 되겠죠."

"흐응……."

혜정 씨와 눈을 마주치는 걸 보면, 뭔가 일이 있길 기대했던 건가?

"왜 그러십니까?"

"아니에요. 잘 다녀오셨다니, 다행입니다."

그녀가 아쉽다는 듯 눈을 흘기며 자리로 돌아갔다. 박 형사님… 대체 무슨 일이 하셨길래, 사무실 사람들이 저런 반응을 보이는 겁니까.

\*　　　　\*　　　　\*

"그럼, 이렇게 하죠. 이번 사건의 피해자인 이기동과 원한 관계가 있을 만한 이들을 조사하면서, 형사님의 말씀처럼 그 창고가 2차 범행 지역일 수도 있으니 사건 현장의 주변 탐문을 통해 수상한 이가 있었는지 알아보죠."

"검사님, 저희가 이 사건만 수사를 한다면 모를까, 검사님께서 지금 말씀하시는 건 현실적으로 불가능합니다. '이쪽에 3명이 더 필요해' 이러면 바로 경찰을 뽑을 수 있는 게 아닙니다."

"그렇게 공격적인 어투로 말씀하지 않으셔도 저도 충분히 알고 있습니다."

"그걸 알고 계신 분께서 하실 말씀은 아니라고 보는데요. 이거 뉴스까지 나왔다고 해서 뭔가 있을 줄 알았더니, 신참 검사 티를……."

"박 반장님!"

와우… 목청이 저리 좋을 줄은 몰랐는데? 박 형사님의 비아냥거림에 오 수사관의 날카로운 외침이 사무실을 흔들었다.

"여태껏 괜찮으신 분인 줄 알았는데, 너무하시네요!"

그녀의 격앙된 어조에 형사님께선 볼을 붉적이며 사과를 해왔다.

"제가 흥분을 좀 한 것 같습니다. 검사님, 불쾌하셨다면 죄송합니다."

"괜찮습니다."

이런 대우를 받고도 내가 너무 저자세로 나간다고 생각한 것일까? 수사관이 이젠 마치 잡아먹을 것처럼 이쪽을 한껏 쏘아봤다.

"충분히 그렇게 생각하실 만하죠."

"그럼 검사님, 다른 방안을 찾아보시는 건 어떻겠습니까?"

"아니요, 이대로 진행합니다."

의기양양한 박 형사님의 모습에 이내 한숨을 내쉬며 머리를 떨구던 수사관이 그대로 행동을 멈췄다.

"분명히 안 된다고 말씀드린 것 같은데요?"

"형사님께서 생각하시는 것처럼 강력 3팀만으로 진행한다면 그렇겠지요."

"그럼, 검사님 말씀은……."

"예, 당분간 주변의 탐문은 저희가 맡겠습니다. 그동안 박 반장님께선 이기동과 관련된 자들을 샅샅이 조사해 주세요."

"허, 알겠습니다. 그럼 그렇게 진행하겠습니다."

그 말과 함께 박 형사님이 사무실을 떠나자, 수사관의

차가운 목소리가 들려왔다.

"이래서 사람은 겪어봐야 안다고 하나 봐요. 박 반장님이 저런 분일 줄은 몰랐네요."

"그러게요……."

한쪽에서 안절부절못한 채 우리의 대화를 듣던 혜정 씨가 한숨을 내쉬며 그녀의 말에 동의를 해왔다.

"뭐, 당연한 거겠죠. 가뜩이나 일에 치이는데, 신참 검사가 왔으니 저쪽에서도 달가워할 리가 없죠."

"그래도 이건 아닌 것 같은데요."

"아마, 초반이라 기세를 잡으려고 그러는 걸 겁니다."

"그럼, 그런 생각을 하지 못하게 실력을 보여줘야겠군요."

"수사관님의 말처럼 그게 가장 좋은 방법이긴 하죠. 후… 두 분께 죄송하지만, 전 잠시 바람 좀 쐬고 오겠습니다."

"예? 갑자기 바람을 쐬고 오신다니? 그게 무슨……."

"말은 쉽게 했지만, 마음은 그렇지가 않네요."

"아… 알겠습니다."

그녀들에게 양해를 구한 후 미리 형사님과 만나기로 약속한 장소에 도착하자, 나를 발견했는지 멀리서 형사님이 손을 흔들어댔다.

"인마, 뭘 이리 꾸물대?"

"형사님께서 그 난리를 피우고 가셨으니 그렇죠. 아니, 그리고 어느 정도 각오는 하고 있었지만 이거 너무하시는 거 아니에요?"

어젯밤 통화에서 검사 대 형사로 만나자고 말했던 그였기에 대충 예상은 하고 있었지만, 그래도 이건 너무 심한 게 아닌가 싶었다.

"뭐가 너무해? 설마 이 정도도 각오 안 했던 거야?"

"했죠. 하긴 했는데, 이건 아무래도 사심이 조금 들어간 것 같아서 그렇죠."

내 말에 썩소를 짓는 걸 보니 그도 뭔가 찔리는 게 있나 보다.

"쪼금?"

"쪼금이요?"

"누구는 이 나이 먹도록 사무실도 없이 황소만 한 사내 새끼들 땀내 맡아가면서 뒹굴고 있는데, 새파랗게 어린놈이 아주 가관~ 이더구만! 그래서 심술 좀 부려봤다, 어쩔래?"

"뭘 어쩌겠어요? 어린 제가 참아야죠."

"새끼. 그래, 그래, 미안해. 오늘은 니가 나 때문에 욕봤다. 그래도 이렇게 하는 게 나아. 처음부터 괜히 서로 친하다고 봐주고 하다 보면 분명히 언젠가 크게 데여."

"뭐, 저도 그 점은 동의해요. 그렇다고 계속 속일 일도 아니라는 게 문제지만."

"그렇긴 하지……."

"아무튼 이제 전 몰라요."

"뭘 몰라?"

"뭐긴요, 나중에 우리가 원래 알던 사이라는 게 밝혀지면, 이번 일은 형사님께서 책임지시라는 말이죠."

"그게… 혜정 씨의 성격으로 봐선 웃으면서 넘어갈 것 같은데, 은서 씨는 니가 좀 도와줘야 할 것 같아."

아까 표독스럽게 노려보던 오 수사관을 떠올렸던 걸까? 방금 전까지 자신만만하던 그의 얼굴에 근심이 가득하다.

"오늘 못 보셨어요? 저 그 아가씨 감당할 자신 없어요."

"하… 됐다. 그때 가면 어떻게든 잘되겠지."

그리 속단할 일은 아닌 것 같은데…….

"그것보다, 너야말로 괜찮겠어?"

"예? 뭐가요?"

"탐문한다는 것 말이야. 너무 쉽게 말하는 게 아닌가 싶어서."

"뭐, 괜찮아요. 중앙지검에 있을 때 몇 번 해봤어요."

"아니, 그런 말이 아니라……."

"왜 그러세요?"

"사실, 뭐 하나 나온 것도 없는데 괜히 나 때문에 엉뚱한 곳에다 시간을 허비하는 것 같아서 그렇지."

"검사가 되면 여러 각도에서 사건을 보라고 조언해 주셨던 분이 하실 말씀은 아닌 것 같은데요?"

"자식, 사람 무안하게… 이게 그거랑 같냐."

"너무 걱정 마세요. 아닌 것 같으면 바로 손 뺄 테니까. 잘돼서 나중에 현장 검증을 하게 된다면, 그땐 형사님께서 도와주셔야겠지만요."

"그 정도는 당연히 해줘야지."

*      *      *

"왠지 떨리네요."

"그냥 동네 아줌마, 아저씨들께 길을 묻는다고 생각하시면 조금 편하실 거예요."

"예, 원랜 수사관님이랑 나오셔야 하는데, 저 때문에 괜히 죄송합니다……."

"에이~ 혜정 씨, 그런 생각 마시고 오늘은 이왕 나왔으니 수사관님 몫까지 열심히 해주세요."

실무관인 그녀와 이런 곳에 나오게 될 줄이야. 우리 윤정 씨였다면 단박에 싫다고 했겠지. 베테랑이었던 그녀가 이런 상황을 만들 리 없으니 비교하는 것 자체가 우스운 건가…….

"왜 그러신가요?"

"아닙니다. 그럼 가볼까요?"

아무것도 모른 채 순진한 눈빛으로 바라보는 그녀를 볼 자신이 없어, 서둘러 차에서 내려 사건이 벌어졌던 창고로 향했다.

"근데 검사님, 여긴 사건 현장 아닌가요? 잘못 오신 것 같은데요…….

"온 김에 사건 현장부터 보고 탐문을 시작하려고요."

"아… 그러셨구나…….

살인이 벌어진 장소에 온 게 꺼림칙한 탓일까? 언제 살인이 벌어졌냐는 듯, 굳게 닫힌 창고 앞에 선 그녀는 좀처럼 발걸음을 떼지 못했다.

"혜정 씨, 괜찮아요?"

"예… 괜찮… 아요."

"긴장하지 않으셔도 돼요. 안에 들어가려고 온 게 아니라, 오늘은 그냥 주변을 좀 둘러보려고 온 거니까."

그제야 그녀의 표정이 밝아진다.

"그런가요? 그럼 검사님, 저는 여기서 뭘 확인하면 될까요?"

"따로 뭘 찾기보단 같이 고민 좀 해보죠."

"고민이요? 예를 들면 어떤 거요?"

"음… 범인의 발자국도 남아 있지 않았잖아요."

"예, 그랬죠."

"만약 혜정 씨가 범인이라면, 어떻게 하면 그럴 수 있을 거라 생각해요?"

질문을 들은 그녀는 갑자기 창고 문 앞에 그대로 쪼그려 앉으며 말했다.

"피해자는 묶여 있었던 상황이니까, 이렇게 멀리서 지켜보면 되지 않을까요?"

"이거… 제가 혜정 씨를 잘못 본 것 같네요."

"네?"

"착하신 분인 줄 알았는데……."

"아뇨! 아뇨! 제가 아니라 범인이요!"

당황했는지 말까지 더듬으며 해명하던 그녀가 이내 장난인 것을 눈치챘는지 원망스러운 눈길을 보내왔다.

"검사님! 너무하세요~"

"너무 긴장하시는 것 같아서 장난을 좀 쳤는데, 제가 조금 짓궂었네요."

흠, 문밖에서 지켜봤다라… 정말 그랬다면 제정신이 아닌 놈인데.

"갑자기 왜 그런 눈으로 보시나요?"

*　　　　　*　　　　　*

약간의 해프닝이 있긴 했지만, 염창 공원 남쪽에 위치한 창고를 대충 돌아본 우린 그 일대를 중심으로 탐문을 시작했다.

그러나 좀처럼 사건에 대한 단서는 나오지 않고 있었다.

"으… 검사님, 또 허탕이에요."

"그러게요. 수상한 사람을 봤었다는 사람은커녕 저기에 창고가 있는 것도 모르는 사람이 더 많으니, 원. 잠깐 쉴 겸 목이나 축이고 다시 시작하죠."

눈앞에 보이는 슈퍼를 가리키자, 그녀도 지쳤는지 힘없이 고개를 끄덕였다. 고른 음료수를 계산하는 동안, 주인 아주머니께 혹시나 하며 질문을 드리자 예상외의 답변이 돌아왔다.

"그 창고요? 글쎄요? 그 사건 아니었으면 웬만한 사람들은 그게 창고였는지도 몰랐을걸요? 창고라면서 트럭은커녕 차라고는 코빼기도 못 봤네."

"정말입니까?"

"그렇다니까요. 여기서 10년 넘게 장사를 한 저도 사내

몇이 들락날락하는 걸 본 게 다예요."

"그 봤다는 사람들이 물건은 나르고 있었습니까?"

"글쎄… 그것까진 모르겠고, 안에서 뭘 하는지 한참은 있다가 나오더라구요."

"아, 그렇습니까? 다른 건 또 생각나시는 게 없으십니까?"

"예, 그게 다예요."

"알겠습니다. 협조해 주셔서 감사합니다."

밖으로 나오자, 혜정 씨가 이해가 안 된다는 듯 내게 물었다.

"검사님, 사진으로 봤을 땐 내부에 물건이 상당수가 쌓여 있었는데, 운송용 차량이 다니지 않았다는 게 이상하지 않으세요?"

"예, 제 생각도 그래요. 이거 수사관님께 연락해서 창고 주인부터 조사해 봐야겠는데요."

*       *       *

"잘 다녀오셨습니까, 검사님?"

"예, 수사관님. 저희야 별일 없었습니다. 아까 부탁드렸던 창고 주인 쪽 일은 어떻게 됐습니까?"

"저희 예상대로 창고를 빌려주고 있었던 모양입니다."

"누구한테요?"

"그게… 실은 그곳에서 살해당한 이기동에게 빌려줬었다고 합니다."

"네? 이기동한테요?"

뭐야, 대체 사건이 어떻게 돌아가는 거야? 대부업을 했던 자가 창고를 빌렸고, 그곳에서 살해당한 채 발견됐다?

"잠깐만요. 이거 어쩌면 지인이나 동료에게 당했을 확률이 높잖아요?"

"예, 지금으로서는 그게 가장 유력하지 않을까 싶습니다."

"박 반장님께는 알려 드렸습니까?"

"예, 한 시간 전에 반장님께 연락드렸더니, 확인해 보고 검사님께 직접 보고드린다고 하셨습니다."

불길한데. 형사님 성격에 뭔가를 발견했다면, 벌써 연락이 오고도 남았을 시간이야.

"일단 반장님께서 그렇게 말씀하셨다면, 기다려 보죠."

"예, 알겠습니다."

이렇게 되면, 1차 범행 장소는 아예 없을 가능성이 높겠구만. 잘하면 형사님께서 범인을 체포할 테니 살해 방법만… 아니지, 범행 도구만 찾으면 끝날지도 모르겠어.

그런 생각을 하고 있을 때, 분위기와 어울리지 않는 대화가 들려왔다.

"혜정 씨, 어때요, 할 만했어요?"

"예, 검사님께서 잘해주셔서 어려운 점은 없었어요."

"저도 그런 경험은 없어서 걱정을 많이 했는데, 다행이네요."

말을 하는 도중에 슬쩍슬쩍 내 눈치를 보는 걸 보면, 아무래도 수사관인 자신을 제쳐놓고 실무관과 나간 게 내심 서운했던 모양이다.

후… 정말 가시방석이 따로 없구만. 젠장, 이 양반은 뭐 이리 연락이 없어?

결국 나는 어색한 분위기를 참지 못하고, 형사님께 연락을 하고 말았다.

—여보세요.

"예, 박 반장님. 접니다. 어떻게, 조사는 잘돼가고 계신가요?"

—그게… 안 그래도 연락을 드리려던 참이었는데, 조금 문제가 있습니다.

"문제요?"

—이기동이 몸을 담고 있던 정진파 놈들의 알리바이가 너무 확실합니다.

"그래요? 하지만 그렇다고 보기엔, 장소가 너무 이상하지 않나요? 정진파의 세력권과는 전혀 무관한 곳인 데다 정황을 봐도 은밀하게 그곳을 사용했던 것 같은데, 전부 알리바이가 확실하다구요?"

─예, 그 이기동이 운전수였던 똘마니 양철구 녀석도 이기동이가 그날은 일찍 들어가라고 해서 마포 쪽에서 다른 놈들과 함께 술을 마셨다고 했는데, 술집 주인에게 확인해 보니 그놈 말대로 다음 날 새벽까지 술판을 벌였다더군요. 마지막까지 이기동과 같이 있던 놈이 양철구였으니, 다른 놈들은 말할 것도 없죠.

거기까지 말하고 잠시 뜸을 들인 형사님께서 혀를 차며 회의적인 말을 해왔다.

─아무리 봐도 지금으로선 정진파의 주장대로 ○○호텔 경영권 분쟁에 대한 보복으로 동한파가 이기동이를 살해했다는 게 좀 더 설득력이 있을 듯합니다.

"아니, 그럼 대체 창고는 어떻게 알고 동한파가 이기동이를 살해했다는 겁니까?"

─예. 저도 그 점이 의문이긴 합니다만, 살해할 마음만 먹었다면 동한파 쪽에서도 충분히 창고의 위치 정도는 알아냈을 수 있지 않았을까 싶습니다.

"당연히 그쪽에선 그렇게 주장을 하지 않을까요?"

—허투루 넘기기엔, 현재 정진파와 동한파 사이의 분위기가 심상치 않은 데다 실제로도 아직 경영권을 놓고 서로 대립 중입니다. 며칠 전엔 H나이트에서 충돌도 일어났었구요.

형사님께서 무슨 말씀을 하려고 하시는지는 알겠지만, 그렇게 치부하기엔 뭔가 이상해…….

중간 보스 격인 이기동이 직접 창고로 움직였다는 건 분명 사소한 일은 아니었을 테고 그의 위치로 봐선 같이 행동했을 부하가 있었을 텐데, 전부 알리바이가 있었다?

게다가 호텔 경영권이라는 상당한 이권이 걸린 상황에서, 적대 세력인 동한파에게 이기동이 허무하게 살해당할 정도로 놈들의 움직임을 좌시했다고?

—검사님?

"이런… 죄송합니다. 잠시 사건에 대해서 생각을 한다는 게 그만."

—아닙니다. 그럴 수도 있죠. 근데 이제 어떻게 할까요?

"흐음, 동한파에 평소 이기동과 원한이 있던 놈들이 있었나요?"

—그건 두말하면 잔소리죠. 워낙 앙숙인 놈들이라 오히려 없는 게 이상하죠.

"그럼, 일단은 그놈들이 사건 당시 뭘 하고 있었는지 자세히 파악해 주세요."

—알겠습니다. 그럼 그렇게 하죠.

"아! 박 반장님."

—예, 말씀하십쇼.

"가능하다면, 정진파 내에서 이기동과 사이가 안 좋았던 인물이 있는지도 알아봐 주세요."

—내부 첩자가 있다고 생각하시는 겁니까?

"예, 호텔 경영권 정도라면 충분히 가능성이 있다고 봅니다."

—하긴, 그게 아귀가 맞긴 합니다. 조력이 있었다면, 그 장소로 이기동이를 유인해 낼 수 있었겠죠. 다만 걸리는 게 있다면 이기동이 단독으로 움직였을 리 없는데도 정진파 놈들 중 그날 창고로 갔던 자가 아무도 없다는 건데……

갈수록 꼬여가는 사건 때문일까? 형사님께서 깊은 한숨을 내쉰 뒤에야 말씀하셨다.

—뭐, 그것도 개인적인 일이었다면 가능할 법도 하고. 아무튼… 일단은 검사님께서 말씀하신 대로 조사해 보겠습니다.

"예, 그럼 수고해 주세요."

그렇게 답답함만 늘게 된 형사님과의 통화를 마치자, 수사관이 조심스레 옆으로 다가와 물었다.

"어떻게 되셨습니까?"

"하아… 당연히 정진파 놈들 중 한 놈쯤은 걸려들 줄 알았는데, 이거 제 예상과는 많이 다른데요?"

"그거 이상한데요?"

"제 생각도 그렇습니다. 대체 뭐가 어떻게 된 건지…….."

"검사님, 뭔가 너무 짜 맞춰진 것 같지 않으신가요?"

짜 맞춰졌다?

"어떤 점이 말입니까?"

"이기동의 죽음이요. 난데없이 창고에서 살해를 당했는데, 사실 알고 봤더니 창고는 정진파가 사용하던 곳이었고, 그날 그들 모두 알리바이가 있었다, 라는 점이요."

"수사관님, 말씀은 놈들 중에 누군가가 억지로 알리바이를 만들었을 수도 있다는 건가요?"

자신과 의견이 일치하는 것이 기쁜지, 크게 한 번 박수를 친 그녀가 고개를 끄덕이며 동의를 해왔다.

"예! 제가 하려던 말이 바로 그거예요!"

"제 생각이 맞다니 다행이네요. 그럼 수사관님, 이제 어떻게 하는 게 좋을까요?"

"그것까진 아직…….."

이럴 때 이 수사관이었다면, '흐흐흐~' 하는 능글맞은 웃음과 함께 이렇게 말했겠지? '검사님 무안하실까 봐, 그건 검사님 몫으로 남겨뒀습니다'. 그럼 난…….

"수사관님, 제가 무안해할까 봐 굳이 그러실 필요 없습니다. 그럼 대체 무슨 말씀을 하시려다 말았는지, 사건을 되짚어 보면서 확인해 볼까요?"

"네에?"

이런, 생각만 한다는 게 입으로 나와 버렸구만.

"지금 제가 실력이 없다고 놀리시는 건가요?"

젠장, 갑자기 그 웬수 같은 인간은 왜 떠올라 가지고.

"이거 농담을 조금 한 건데, 기분 나쁘셨다면 죄송해요. 사과드리겠습니다."

"아니에요. 저를 생각해 주셔서 그런 건데, 제가 괜히 오해를 했네요."

"그럼 오해도 풀린 것 같으니, 모여보죠. 혜정 씨도 이쪽으로 오세요."

"예? 검사님? 저도요?"

"그럼요, 당연하죠."

테이블에 모여 회의를 하는 것이 익숙지 않아서인지, 두 여인은 연신 주변을 둘러보고 있었다.

"두 분, 모두 어쩌면 생소하실 수도 있으시겠지만 저만의 방식이니 양해 좀 부탁드려요."

"예, 알겠습니다."

수사관마저 이렇게 어색해하는 걸 보면, 어쩌면 내가 검사로서 했던 일들은 당연하지 않은 것일지도 모르겠다. 아무렇지도 않게 받아줬던 그 망할 인간들한테 감사해야 하려나…….

"흐음, 근데 어디부터 시작하는 게 좋을까요?"

"아까 검사님께서 사건을 되짚어 보자고 하셨으니, 주요 포인트를 나열해 보는 건 어떨까요?"

혜정 씨가 수사관의 말을 듣고는 조심스레 자신의 의견을 피력해 왔다.

"음… 그럼, 창고에서 피해자를 발견했을 때부터 시작하면 될 것 같은데요."

"그래요. 두 분 말씀대로 창고에서 피해자를 발견했을 때부터, 차근차근 포인트를 짚어보죠. 벌목용 도끼로 팔목이 잘린 채 살해당했을 것으로 추정되며, 당시 현장에서 피해자의 손은 발견되지 않았고, 다른 뚜렷한 증거는 없었다."

말하던 내용을 종이에 적는 것인지 분주히 펜을 움직이던 혜정 씨가 갑자기 손을 들었다.

"예, 혜정 씨. 왜 그러신가요?"

"저희가 지금 알고 있는 정보도 같이 논의를 하는 건가요, 아니면 후에 따로 하실 건가요?"

음… 아무래도 같이하는 게 더 나을 것 같긴 한데…….

"지금 같이하죠. 굳이 따로 할 이유가 없을 것 같네요."

내 말이 끝나기 무섭게, 수사관이 밝혀진 내용을 말하기 시작했다.

"창고는 사실 이기동이 대부업을 위해 빌렸던 장소였고, 이번 사건의 유력한 용의자인 이기동의 측근들은 그 자리에 같이 가지 않았다는 게 추가로 밝혀진 거죠."

"예. 여기까지 뭔가 의문이 드는 점이나, 다른 의견이 있으신 분 있으신가요?"

"검사님, 하나 걸리는 점이 있긴 한데……."

"수사관님, 괜찮으니까 그냥 편하게 말씀하세요."

"예. 검사님, 정진파 놈들 중에 범인이 없다면 창고는 어떻게 연 걸까요?"

"음… 제가 만약에 범인이라고 가정한다면, 놈은 이기동이가 반드시 그날 창고로 간다는 걸 알았던 게 아닐까요?"

"이기동 본인에게서 빼앗았을 거란 말씀이신 거죠?"

"예, 현재로선 그랬을 가능성이 높은 것 같아요."

"으응?"

나 참, 저 아가씨 정말 손이 많이 가는구만.

"혜정 씨, 왜요? 뭔가 이상해요?"

"아뇨… 별거 아니에요. 신경 쓰이게 해서 죄송합니다."

"뭔데 별게 아니에요? 한번 들어나 볼게요."

"그게… 이기동 씨가 창고로 가기 위해서였다면, 마포가 아니라 염창동과 가까운 강서구 쪽에서 그 운전수였다는 양철구란 사람과 헤어졌어야 정상이지 않을까 싶어서요……."

나와 눈을 마주친 수사관도 같은 생각을 한 모양이다.

"혜정 씨 말대로 그러는 게 정상이죠. 근데 만약 창고가 있다는 걸 범인이 알고 있었다면, 이기동이가 창고 열쇠를 소지했다는 것도 알고 있지 않았을까요? 그랬다면 창고에서 기다리기만 하면 되는 상황일 테고……."

이거 내가 착각을 했나 보군.

"잠시만요, 수사관님."

"예?"

"말씀 중에 죄송합니다만, 제 의견은 조금 달라서요."

"검사님의 말씀을 그대로 이야기한 것 같은데, 아닌가요?"

"예, 처음엔 저도 수사관님과 같은 생각이었는데, 혜정 씨의 의견을 듣고 나니까 조금 이상한 점이 있어서요."

"이상한 점이요?"

"예. 정진파 내부에서도 사건 당일, 이기동이 창고로 간다는 걸 알았던 사람이 없었습니다. 그런 이기동이가 마포에서 내렸는데, 범인은 아무 의심도 없이 창고로 갈 거란 추측을 했다? 이상하지 않아요?"

"잠깐! 그러면!"

"범인은 미행을 했던 걸지도 모르겠네요."

자신의 할 말을 혜정 씨에게 뺏긴 수사관의 맥 빠진 목소리가 들려왔다.

"예. 제가 하고… 싶었던 말이 그거예요, 혜정 씨."

"죄송해요! 그러려고 했던 게 아닌데."

"아니에요. 누가 먼저 말하면 어때요. 안 그렇습니까, 검사님?"

그런 표정으로 말씀하시면, 누가 봐도… 안 그래 보여요, 은서 씨…….

"그, 그렇죠."

"범인이 미행을 했다면, 이야기가 쉬워질지도 모르겠는데요."

알았으니까, 이제 표정 좀 풀지. 생긋 웃고 있는 그녀와는 동 떨어진 생물인 양 전혀 웃지 않는 그녀의 눈이 점점 부담으로 다가왔다.

"C."

"C."

젠장…….

"그러니까… 두 분 생각은 CCTV를 확인해 보자는 거죠?"

무사히 위기를 넘긴 후, 양철구의 증언을 토대로 사건 당일 이기동의 이동 경로에 위치한 CCTV 녹화 기록을 전부 확인하고 있었지만 쉬워질 것이란 우리의 예상과는 달리 단서는 전혀 나오지 않고 있었다.

"아무래도 이대론 안 될 것 같습니다, 검사님."

"예, 저도 이건 아니라고 봅니다."

6시간 이상 망할 놈의 CCTV 화면을 분석하다 보니 이젠 눈알이 뽑혀져 나갈 것 같았다.

"이러지 말고, 조금 쉬면서 다른 방법을 모색해 보죠."

\*          \*          \*

"지금 객관적으로 봤을 때, 범행을 저질렀을 가능성이 제일 높은 자가 누구인 것 같습니까?"

수사관이 먹으려고 입으로 가져가던 쭈쭈바를 떼어내며 되물었다.

"정진파 쪽을 말씀하시는 건가요, 아니면…….'

"맞습니다. 정진파 쪽이요."

"정진파라면, 아무래도 마지막까지 함께 있던 양철구가 가장 가능성이 높지 않을까요? 뭐, 이렇게 말해봐야 새벽까지 술자리를 가졌다던 사람이 이기동을 살해할 순 없겠지만요."

"그렇긴 하죠. 이제 충분히 쉰 것 같으니, 다시 CCTV나 확인하죠."

"예? 검사님, 조금 아까 다른 방법을 모색하신다고 하지 않으셨나요?"

"딱히 떠오르는 게 없네요. 이럴 땐 구관이 명관이지 않을까 싶습니다."

"…참으로 그러시겠네요."

### 3장

남부지검 Ⅲ

짧은 휴식 뒤에 다시 시작된 CCTV 분석이 그녀들의 사기를 꺾은 것일까?

모니터를 바라보는 은서 씨와 혜정 씨의 눈동자에서 의지라고는 찾아볼 수가 없었다.

틱, 틱, 틱.

기계처럼 일정한 간격으로 화면을 넘기고 있는 수사관의 모니터를 슬쩍 보려던 찰나, 그녀와 눈이 마주쳤다.

하지만 수사관은 아무 일도 없었다는 듯 다시 모니터로 시선을 돌렸다.

내겐 그런 그녀의 행동이 무언의 항의를 하는 것같이 느껴졌다.

그도 그럴 것이 수사관이 손가락을 움직이는 것과 동시에 '틱' 하는 소리가 다시 들려왔지만, 그녀가 바라보고 있는 모니터 화면엔 조금의 변화도 없었기 때문이었다.

하아… 지치는구만.

"수사관님, 뭐 좀 나왔어요?"

"아뇨. 혜정 씨가 보고 있는 것과 비교해 봤는데, 딱히 미행을 한다고 의심되는 차량은 없네요."

"그래요? 전 또 수사관님께서 계속 같은 장면을 보고 계시길래 뭣 좀 건지신 줄 알았는데 아니었나 보네요."

내 말에 잠깐 멍한 얼굴로 이쪽을 바라보던 그녀가 갑자기 미소를 지었다.

"검사님, 지금 화나신 거 맞죠?"

"예?"

예상치 못한 수사관의 반응에 당황하고 있는데, 그녀가 이해한다는 듯 내게 말했다.

"에이~ 제가 검사님이었어도, 그렇게 보고도 남았을걸요~"

솔직하게 말해주는 건 고맙지만, 그래도 명색이 상사인데 그걸 알면서도 이런 행동을 할 정도로 무시를 당하고 있는 건가. 막 화를 내려던 순간, 그녀가 미안해하며 내게 사과를 해왔다.

"죄송해요. 미리 말씀을 드리고 조사를 했어야 했는데, 제가 괜한 오해를 하시게 만들었네요."

"오해요?"

날이 선 내 말투에도 그녀는 차분히 대화를 이어갔다.

"예, 장소가 정진파의 사무실이 위치한 곳이니, 어쩌면 이기동이가 차에서 내린 순간부터 미리 잠복해 있던 범인이 의심스러운 행동을 시작했을지도 모른다는 생각이 들어서 그쪽을 조사하고 있었거든요."

같은 화면이 아니라, 같은 화면처럼 보였던 거였나? 이거 내가 실수를 했구만.

"아, 그랬습니까?"

"예. 안 그래도 사건 때문에 힘드실 텐데, 저까지 신경 쓰이게 해드려서 죄송해요."

"아닙니다. 그런 줄도 모르고, 오해를 했던 제가 죄송하죠. 이거 사죄의 의미로 같이 확인해 보죠."

"흐응… 그럴~ 까요."

'역시 화났었네. 안 나기는!' 하는 듯한 수사관의 행동을 보고 있으니, 나잇값도 못한 민망함에 볼이 다 화끈거린다.

흐음……?

차마 그녀를 볼 면목이 없어, 모니터에 시선을 고정한 지 10분 정도가 흘렀을 때 내 머릿속에 의구심이 들었다.

"수사관님, 우리가 양철구의 말을 너무 신뢰했던 모양입니다."

"그러게요."

"두 분, 무슨 일이신데 그러시나요?"

"아무래도 양철구가 거짓말을 한 것 같아요, 혜정 씨."

어지간히 놀랐는지, 눈을 동그랗게 뜬 채 그녀가 되물었다.

"예, 정말요?"

"예, 분명 마포 쪽에서 이기동이를 내려줬다고 했는데, 양철구가 내리고 1시간이 지났는데도 이기동의 모습은 보이지가 않네요."

"어머! 그럼 양철구가 살인을 저질렀다는 건가요?"

"아니요, 그건 아닌 것 같습니다."

"네?"

그녀가 알 수 없다는 듯 고개를 갸웃거리자, 수사관이 그녀에게 차분한 어투로 설명해 주었다.

"이기동이 창고가 아닌 다른 곳에서 살해당한 거였다면 양철구가 살해를 했을 가능성이 높겠지만, 지금 상황에선 불가능하다고 보는 게 맞아요."

"저는 도무지 이해가 안 되는데요? 왜 불가능한 거죠?"

"처음 사건 현장 검증을 했을 때, 분명 이기동이 발버둥을 쳤던 흔적이 있다고 했어요. 그런 상황에서 혜정 씨가 범인이었다면, 이기동을 두고 술을 마실 수 있었을까요?"

"그럼… 대체 어떻게 된 거죠?"

"이제부터 알아봐야죠, 대체 왜 양철구는 거짓 증언을 했던 것이고, 진실은 무엇인지."

"지금 바로 박 반장님께 연락하겠습니다."

*　　　　*　　　　*

"대답을 하라고! 니가 죽였지?"

"말이 되는 소리를 하세요. 제가 형님을 왜 죽여요? 형사님, 막말로 증거 있어요?"

"마포 쪽에서 내려줬다며! 근데 왜 이기동이는 없냐고! 이 새끼야! 니가 죽인 게 아니면 왜 말이 틀린데!"

"말씀드렸잖아요, 예? 그날 술을 많이 마셔서 착각을 했다고."

"그래, 니 말대로 그렇다고 치자. 그래서 어디다 내려줬어?"

"모르겠는데요."

"지금 장난하냐? 니가 새끼야, 내려주고 술을 마셨지, 술 마시고! 이기동을 내려줬어!"

"나 원 참… 형사님도 술 마시고 난 다음 날 기억 안 나고 뭐… 그런 경험 있을 거 아닙니까?"

"그럼 처음부터 모른다고 했었어야지. 왜 이제 와서 말을 바꿔?"

"막말로 그때 제가 모른다고 했으면, 당연히 제가 범인이라고 하는 거 말고 더 됩니까? 저도 그 정도 생각은 하고 사는 놈입니다."

"지랄하고 있네. 너 이거 나중에 법정에서 불리하게 적용될 수 있는 거 알지?"

"예. 어차피 제가 안 죽였으니까, 마음대로 하세요. 그리고 지금 시대가 어느 땐데 반말입니까?"

쾅! 뻔뻔스러운 양철구의 답변에 책상을 강하게 내리치던 형사님께서 나를 보곤 그에게 손사래를 쳤다.

"그렇게 꼬우면 신고해, 새끼야. 접수해 줄게. 아니면, 꼴도 보기 싫으니까 이만 꺼져."

"말이 그렇다는 거지. 저희 사이에 무슨 신고입니까~ 그럼 고생하십쇼!"

오른손을 들어 경례를 하는 제스처를 취한 녀석이 비열한 미소를 지으며 내 옆을 스쳐 지나갔다.

"어이구! 검사님, 오셨습니까?"

"예. 안녕하세요, 반장님."

"죄송합니다. 이거 제가 검사님께 못 볼 꼴을 보여 드렸네요."

"괜찮습니다. 조폭들이 저러는 게 하루 이틀인가요."

"그렇긴 하죠. 아무튼 여기서 이러지 말고, 먼 길 오셨는데 커피라도 한잔하시죠."

"예, 그러죠."

자판기 커피를 들고 경찰서 벤치에 도착하자, 커피를 한잔 홀짝인 형사님께서 헤벌쭉 웃으며 내게 말했다.

"지금쯤 양철구 자식, 아무것도 모르고 신나서 떠벌리고 다닐 거다."

"뭐예요? 아깐 그렇게 화를 내시더니, 감정 기복이 너무 심한 거 아니에요?"

"그럴 만하지 않겠냐? 이번 사건 대충 감이 왔거든."

증거는 없고, 양철구 녀석은 발뺌하는 상황인데 감이 왔다?

"그거 구미가 당기는데요? 뭐예요, 제가 모르는 게?"

"하아… 이쪽으로 부임한 지 이틀 만에 이 정도까지 밝혀낸 우리 최 검사님께서도 아직 멀었구만."

"제가 코찔찔이 때부터 형사이셨던 분이랑 같을 수 있겠어요? 그만 놀리고 알려주세요."

"하여간, 놀리는 맛이 없는 놈이라니까. 알았어, 자식아.
이거 내가 봤을 땐 양철구 작품이 아니야."

"예? 양철구 작품이 아니라구요?"

"어, 아까 봤잖아. 지 직속 형님이 죽었는데도 실실대면
서 주둥이에서 나오는 대로 지껄이던 놈이야. 상황 파악도
하지 못하는 저런 놈이 이런 짓을 꾸밀 수 있을 것 같아?
전에 내가 말했던 대로 분명히 범인을 도와준 공범이 있
어."

"에이, 뭐예요~ 형사님, 그 정돈 저도 생각하고 있었어
요……."

"아, 새끼 급하긴. 내 생각엔 그 공범이 양철구가 분명
해. 그리고 놈은 분명 오늘 서에서 있던 일을 범인에게 떠
벌리겠지. 그럼, 지레 겁먹은 범인은 분명히 오늘 밤에 사
건 현장으로 갈 거야."

사건 현장이면 창고를 말하는 건가? 잠깐만… 없어진 손
이 있는 장소를 말하는 건가.

"창고는 아닌 거 같은데, 그곳이 어딘지 알고 계신단 말
씀이세요?"

"확실한 건 아니지만, 너한테 이기동이가 마포에서 내리
지 않았다는 걸 듣고, 계획은 세워놨어."

"계획이라뇨? 대체 누가 어디로 갈 줄 알고 계획을 세워요?"

"정진파 놈들이 이기동을 마지막으로 본 시간부터 양철구가 마포에 도착했을 때까지를 계산해 보면 40분 정도가 비어. 서울 교통 상황을 생각해 보면, 그사이에 갈 수 있는 곳은 그리 많진 않지. 더군다나 양철구가 마지막으로 찍힌 곳이 홍은동이라면 더욱더 확실해져."

"그럼 형사님 계획이 예상 지역에 병력을 배치해 놓고 놈을 덮칠 거라는 건 알겠는데, 홍은동이라고 해서 확실해진다는 건 잘 모르겠는데요."

"동한파 서열 3위인 차봉수라는 놈의 차가 10분쯤 뒤에 그곳에서 찍혔어."

"형사님, 대체 그건 언제 확인해 보신 거예요?"

"뭘 언제 해, 이놈아! 니가 부탁한 대로 동한파 놈들 조사하다가 알게 됐지!"

"에이~ 그럼 조사하다 우연히 걸렸단 말이네요?"

내 말에 멋쩍게 웃으신 형사님께서 우악스러운 손으로 내 머리를 헝클어대기 시작했다.

"그래! 니가 다 해놓은 거에 숟가락 하나 얹으면서 잘난 척 좀 해봤다!"

"혀, 형사님… 여기 경찰서예요. 이러는 거 다른 사람이 보면 어쩌려고 이래요……."

"뭘 어째! 조카같이 아끼던 놈이었다고 하면 되지!"

잠시 후 진정을 한 줄 알았던 형사님께선 아직도 삐치셨는지, 덩치에 어울리지 않게 괜히 종이컵을 꾸기며 툴툴대셨다.

"숟가락을 얹다니요. 저였다면 보고도 그냥 지나쳤을 텐데요."

"짜식이, 사람 무안하게… 됐어, 거기까지만 해. 아무튼 어떻게 할래?"

"뭘를요?"

"뭐긴, 같이 갈 거냔 말이지."

"그러죠, 뭐. 근데 놈이 과연 나타날까요?"

"죄짓고 편하게 자는 놈 못 봤다? 분명히 나타나. 뭐… 안 나타나면 니가 좀 더 고생해야지."

"왜 또 저예요?"

"그럼 내가 영장 발급 받으랴? 꼬우면 니가 형사 하든가?"

\*　　　\*　　　\*

박 형사님을 따라 강력 3팀과 함께 잠복을 시작한 지 3시간이 흘렀을 무렵, 박 형사님의 파트너인 김 형사가 걱정스러운 듯 내게 물었다.

"검사님, 괜찮으십니까?"

"예. 괜찮습니다, 김 형사님. 제 걱정은 안 하셔도 돼요."

"예, 그럼 시장하실 텐데, 별거 아니지만 이, 이거라도 드시죠."

김 형사가 건네는 빵을 받으며 감사를 표하고 있는데, 어색한 분위기를 풀어보려는 듯 박 형사님께서 김 형사의 머리를 살짝 치며 농담을 해왔다.

"너나 잘해, 새끼야. 손은 벌벌 떨면서 말이나 못하면."

"에이, 반장님~ 검사님도 계신데, 머리는 좀 아니지 않습니까?"

"어쭈, 이것 봐라? 검사님 있다고 아주 살판났다? 죄송하지만, 검사님 잠시 뒤 좀 보고 계실 수 있으시겠습니까?"

그렇게 장난스레 뒤를 돌아보신 형사님께서 내게 괜찮냐는 눈빛을 보내왔다.

그에 화답하듯 고개를 끄덕이자, 그는 그제야 안심한 듯 김 형사의 뒤통수를 시원하게 때리고는 아무 일도 없었던 것처럼 창밖으로 시선을 돌렸다.

"반장님?"

"왜, 이 자식아?"

"하… 아닙니다."

형사님도 참……

하나도 변한 게 없으신 형사님의 모습에 머리를 절레절레 흔들며 김 형사에게 받은 빵 봉지를 뜯으려는데, 무전기에서 목소리가 들려왔다.

―반장님, 목표물 출발했습니다. 곧 그쪽으로 갑니다.

그리고 그 순간, 박 형사님 몰래 불만을 표하던 김 형사와 그 옆에서 크게 하품을 하던 박 형사님의 눈빛이 돌변했다.

"김 형사, 준비됐지?"

"예, 반장님."

"1883이다. 놓치면 뒈진다."

"에이~ 제가 누굽니까? 설마 검사님도 계신데, 그런 실수를 하겠습니까?"

잠시 후 검정색의 고급 세단이 우리 앞을 지나쳐 점점 멀어지기 시작하자, 김 형사가 그 뒤를 따라 출발했다. 10분쯤 뒤, 홍은동 인근 야산 앞에 차를 세운 놈들이 하나둘 차에서 내리는 모습을 보던 박 형사님께서 내릴 준비를 하던 내게 말했다.

"검사님께선 여기서 기다리시죠."

어느 때보다 진지한 형사님의 모습에 '같이 가죠'라고 말하려던 나는 어느새 무의식적으로 고개를 끄덕이고 있었다.

"그럼 금방 다녀오겠습니다."

그 말을 끝으로 시작하자는 듯 김 형사의 어깨를 툭 친 박 형사님은 3팀에 무전기로 신호를 보낸 뒤, 연락을 받고 도착한 팀원들과 함께 천천히 차봉수가 사라진 산길을 향해 몸을 움직였다.

"니들, 뭐야?! 씨발!"

강력 3팀이 그들을 덮쳤는지, 어둑해져 가는 야산에 차봉수 패거리의 당황한 듯한 외침이 메아리가 되어 울려 퍼졌다.

"죽고 싶어?"

"차봉수! 강서 경찰서 강력 3팀 팀장 박준혁이다! 네가 이기동이 살해했다는 거 다 알고 왔어! 허튼수작 부리지 말고 내려와!"

이런… 욕설이 오가는 걸 보면 박 형사님의 경고에도 불구하고, 한바탕 일이 벌어진 모양이다. 점점 더 어두워져 가는 산속에서 들려오는 다급한 외침들은 점점 더 내 불안감을 가중시키고 있었다.

"그냥 같이 갈 걸 그랬나……."

초초하게 형사님을 기다린 지 10분쯤 지났을 때, 난 내가 했던 걱정들이 괜한 것이었다는 걸 깨달을 수 있었다. 더군다나 한쪽이 수갑을 차지만 않았다면 누가 조폭인지 구분도 안 가는 근육 덩어리들이라면 더더욱 말할 것도 없겠지…….

"후, 결국엔 잡힐 놈들이 뭘 그리 지랄이야."

"그러게 말입니다."

"근데 김 형사, 너 맞은 덴 괜찮냐?"

"예, 괜찮습니다. 뭐, 하루 이틀인가요?"

"야, 형사도 몸이 생명이야. 그러다 너 골병든다?"

저 양반도 참, 남의 속도 모르고 태평한 것 좀 보게.

동네 마실이라도 다녀온 사람처럼 아무렇지 않게 김 형사와 농담을 주고받으며 내려오는 박 형사님을 보니 한숨만 나온다.

"검사님, 이기동 살해 용의자인 차봉수와 그 일당들을 체포하는 데 성공했습니다."

"고생하셨습니다, 반장님. 다치신 분은 없으시죠?"

"예. 뭐, 김 형사가 놈들이 휘두른 삽에 이마를 조금 긁혔는데, 보시다시피 큰 부상은 아닙니다."

"다행이네요. 김 형사님, 정말 괜찮으신 거죠?"

질문을 받은 그는 너스레를 떨며 이마를 들이밀었다.

"예. 그럼요, 이거 보십시오. 별거 아닙니다."

"그래 보이네요. 그럼 잘 해결됐으니, 돌아가서 마무리하죠."

"아, 검사님."

"예, 반장님. 말씀하세요."

"저놈 때문에 말씀 못 드렸는데, 이건 국과수에 바로 맡겨야 할 것 같습니다."

박 형사님은 인상을 살짝 찌푸린 채, 부패가 상당히 진행된 손이 담긴 증거 수집용 비닐 팩을 내게 들어 보였다.

"그렇게 하시죠. 이거 어디 있나 했더니 여기 묻혀 있었나 보군요."

"그래서 이놈들이 득달같이 이쪽으로 달려왔나 봅니다."


박 형사님과 함께 차봉수를 체포한 다음 날, 출근하자마자 인사를 건넨 오 수사관이 아쉬워하는 얼굴로 물어왔다.

"검사님, 어제 강력 3팀이랑 잠복근무를 하셨다고 하던데, 맞으신가요?"

"맞습니다. 미리 말씀 못 드려서 죄송합니다."

"아니요. 괜찮습니다. 사실, 다음엔 저도 같이 나갔으면 해서 말씀드려 본 거예요."

음? 호기심 많던 이 수사관도 싫어했던 게 잠복인데?

"수사관님께서 원하시면 그래도 상관은 없습니다만, 혹시 해보신 적 있으세요?"

"아뇨. 그래서 한 번쯤은 해보고 싶어서요."

역시나인가. 초롱초롱한 눈빛을 보니 나름대로 로망을 가지고 있는 것 같은데… 그냥 그렇게 남겨두는 편이 낫지 않을까?

"추천드릴 일은 아니지만, 그럴 일이 생긴다면 말씀드리겠습니다."

"감사합니다."

"근데 경찰 쪽에서 연락 온 건 없나요?"

"예, 아직 없습니다."

흐음? 어제 분명 먼저 퇴근들 하라고만 말을 했는데, 경찰에서 연락도 안 왔다면 내가 잠복근무를 했던 건 어떻게 안 거지?

"그래요? 저는 제가 잠복근무한 걸 알고 계셔서 연락이 온 줄 알았는데, 아닌가 보네요."

"사실, 어제 이기동 사건 때문에 물어볼 게 있어서 조 형사님께 전화를 했었거든요."

"아, 그랬습니까?"

"예, 혹시 경찰 쪽에 조사를 부탁하시거나 하려는 거면 제게 말씀하세요. 바로 연락하겠습니다."

"아뇨. 다른 게 아니라, 이제 저희 쪽으로 사건을 송치할 것 같아서요."

"그 말씀은 어제 잠복근무하신 게 잘되신 모양이네요?"

"예, 성과가 좀 있었습니다. 차봉수 놈이 이기동을 살해했다는 증거도 발견됐고요."

멀찍이 떨어져 우리의 이야기를 듣던 혜정 씨가 증거가 발견됐다는 말에 이쪽으로 다가오며 물었다.

"검사님, 차봉수라면 동한파 쪽 사람 아닌가요?"

"예, 맞습니다."

"대체 어떻게 된 거래요? 저희 예상대로 동한파 쪽에서 창고를 알고 있었던 건가요?"

"처음부터 알고 있었던 건 아니었습니다. 저희 예상대로 양철구란 놈이 배신을 했더군요."

"어머머! 그럼 양철구랑 차봉수가 짜고 이기동을 살해한 거란 말인가요?"

"혜정 씨, 잠시만요. 이기동의 손은 왜 창고에 없었는지가 더 이해가 안 되지 않아요?"

"그러니까… 두 분 말씀드릴 테니 진정하시고……."

먹이를 눈앞에 둔 하이에나처럼 달려드는 그녀들에게 거의 한 시간 가까이 설명해 주고 나서야 그녀들의 질문 공세에서 벗어날 수 있었다.

"휴… 이제 이해가 좀 됐나요?"

"결국 호텔 경영권을 둘러싼 이권 다툼에 행동대장 격인 이기동이가 희생을 당한 거군요."

"예, 수사관님 말씀대로입니다. 양철구가 돈과 지위를 보장한다는 차봉수의 꾐에 넘어가 배신하지 않았다면, 이기동이도 그렇게 허무하게 살해당하진 않았을 테니까요."

"멍청하게 그 말을 순순히 믿다니, 이기동 입장에선 정말 억울하게 죽임을 당했네요. 믿었던 부하가 자신을 사지로 데려갔을 때 심정이 어땠을까요?"

"글쎄요. 혜정 씨, 한마디로 어떻다 표현하기 힘들지 않을까요?"

"하긴, 그렇긴 하겠네요."

"저는 그것보다 한 조직의 서열 3위라는 자가, 겨우 과거 이기동에게 당한 복수를 하기 위해 그런 짓을 하다니 이해가 안 되네요."

말을 마친 수사관이 소름이 끼친다는 듯 고개를 흔들었다.

"예, 그런 일로 상대의 눈앞에서 손을 잘라 땅에 묻는 것으로 모자라, 창고에 묶어놓고 죽어가는 걸 지켜본 걸 보면 미친놈이라고밖엔 달리 할 말이 없네요."

우리의 대화처럼 사건을 잔뜩 꼬아놓았던 이기동의 손

이 창고에서 발견되지 않았던 이유는, 너무나 허무하면서도 또 한편으론 잔인하기 짝이 없었다. 형사님의 말처럼 인생 망종들을 죄다 모아놓은 집단에서 정상적인 놈을 찾는게 더 이상한 걸지도.

**4장**

회상

"어떠냐, 지낼 만해?"

"글쎄다. 아직 며칠 안 돼서 잘 모르겠다, 야."

"지랄, 꽃밭에 앉아서 아주 배부른 소리 하는 거 보게?"

"야, 사회생활 하니까 너도 알 거 아냐. 이게 편할 것 같냐?"

"무슨 말인지 이해는 된다만, 니가 부하라면 모를까? 상사인데 굳이 어려운 것도 없잖아."

맥주를 홀짝이며 자기 일 아니라고 쉽게 말하는 현성이 녀석을 보자, 면상을 그대로 갈겨주고 싶어진다.

"왜, 내 말이 틀려?"

"됐다. 말해서 뭐하냐? 믿지도 않을 거."

"이게 가진 자의 여유라는 건가?"

"갖긴 뭘 가져? 그딴 소리 하려고 불러낸 거면 그냥 간다?"

"알았어, 새끼야. 미안하다. 근데 요번에 사건도 잘 해결했다면서 갑자기 왜 그쪽으로 발령 간 거야?"

"낸들 아냐? 가라면 가는 거지."

"그런 놈이 왜 눈은 피해? 대검이나 법무부로 갈 줄 알았더니, 이건 잘 모르는 내가 봐도 그냥 조금 옆으로 이동한 건 아닌 것 같은데?"

"야, 원래 이쪽이 인사이동이 좀 많아. 그리고 이제 1년 차인데 무슨 벌써 대검이야."

"그러니까 똑바로 보고 말하라고."

"됐냐? 사내끼리 이게 뭐하는 짓이냐?"

"아닌데, 분명 뭔가 있는데……."

"아까부터 있긴 뭐가 있어? 그냥 이번엔 이쪽으로 발령받은 거라니까."

"됐다. 니가 그렇게까지 말하면 그런 거겠지. 난 또 네가 이번에 국회 쪽 건드려서 미운털 좀 박힌 줄 알았더니 그건 아닌가 보네."

하여튼 이놈이나 저놈이나 눈치는 빨라 가지고. 웃음기

가 사라진 녀석의 진지한 눈동자를 보고 있으니, 미안함이 앞선다. 여기서 아니라고 말한다면, 그대로 믿을 놈이 현성이 이 녀석이니 말이다.

"나도 그런 생각을 안 했던 건 아닌데, 선배들께 물어보니까 원래 이렇다더라. 뭐, 또 1년도 안 돼서 쩌어~ 밑으로 발령 가면 그땐 생각 좀 해봐야지."

"그럼, 어느 정돈 연관이 있을 수도 있단 말이네?"

"됐다. 그 이야긴 그만하자, 말해봐야 바뀌는 것도 아니잖아?"

"그래. 오랜만에 만났는데, 술이나 마십시다."

"그려. 짠 합세."

내민 술잔에 자신의 잔을 부딪친 녀석이 언제 그랬냐는 듯 호쾌한 얼굴로 술을 들이켠다. 요새 바쁘다더니, 없는 시간까지 쪼갠 걸 보면 그렇게 내가 걱정이 된 건가? 정말, 항상 이 녀석을 보면 누가 어른인지 모르겠다.

"근데 현성이 너 요새 바쁘다면서 이렇게 술 마셔도 되는 거야?"

"아무리 바빠도 친구랑 술 마실 시간은 있으니까, 걱정 마셔."

"나중에 헛소리하지 마라, 응? 10시쯤 돼가지고 집에 간다는 소리 하면 죽는다?"

"너나 못 마시겠다고 징징대지 마. 솔직히 바쁘다면서 뺀 건 최승민, 너잖아."

"설마 내가 그랬으려고? 너 지훈이한테 전화 건 거 아냐?"

"하… 내가 어쩌다 이런 능글맞은 놈이랑 친구가 됐는지 모르겠네."

"뭘 어쩌다야? 점심시간에 혼자 질질 짜고 있는 거 불쌍해서 같이 밥 먹어줬더니, 많이 컸다?"

"형님… 싸우는 법 좀 알려주세요, 하면서 졸졸 쫓아다닌 게 누군데? 쥐어 터지고 정신 차리지 말고, 형이 좋은 말로 할 때 술이나 마셔라."

그렇게 한참을 주거니 받거니 하며 농담을 주고받다 보니, 옛 추억들이 하나씩 떠오른다. 이놈과도 참 많은 일이 있었구만.

"아, 맞다. 얘기하다 보니까 생각났는데, 너 그거 어떻게 된 거야?"

그거라니? 맥주 세 잔 마시고 벌써 취하셨나?

"그게 뭐야, 새끼야?"

"아, 그거 있잖아?"

"뭐?"

"전에 여행 갔다 와서 며칠 뒤에 나한테 그 스토커 잡았다고 했잖아."

"아, 그거… 난 또 뭐라고. 잡았어."

"뒈질래? 너 이거 민원 넣으면 백 퍼센트 감봉이나 징계다? 피해자한테 누군지도 말도 안 해주고 잡혔다고 딸랑 통보하면 끝이야, 이 미친 야매 검사 새끼야!"

"잡았어. 잡았으니까 그만하자. 현성아, 어?"

"얼씨구? 야, 진지한 척해도 안 통해. 괜히 말하기 귀찮아서 그런 거 모를 줄 알아? 이게 누구한테 개수작이야! 이 더러운 인연을 이어온 지 10년이 넘었거든. 속일 놈을 속여라?"

"아, 새끼… 들어서 좋을 거 없다니까."

"개소리 그만하고, 말 안 해?"

"오케, 오케. 그냥 한마디만 할게. 그 후에도 니가 듣고 싶다면 그땐 말해줄게."

"내가 쫄 거 같아?"

"일단 듣기나 해. 너, 스토커가 꼭 이성을 좋아하는 게 아닐 수도 있다?"

"응? 그게 무슨……."

"니 방에 들어와서 베개에 얼굴을 파묻고 '현성 씨… 현성 씨……' 했던 인간이……."

"씨발, 그만하자. 됐다, 거기까지……."

생각하는 것만으로도 역겹다는 듯 맥주를 벌컥 들이켠 녀석이 아직도 진정이 안 됐는지, 내 맥주까지 마신 후에야 내게 한마디 했다.

"듣지 말 걸 그랬다… 확실히 잡힌 거지?"

"그래, 다신 너한테 찾아올 일 없어."

서민후 자식을 만났던 그날 밤, 떠났거든.

"그건 그거고 새끼야. 내 건 왜 처마셔?"

"그럼 안 마시게 생겼냐? 맥주야 또 시키면 되지. 저기요!"

벨은 폼이 아닌데… 그런 녀석의 행동에 술이 취했다고 생각했는지, 멀리서 알바생이 부리나케 달려왔다.

"예, 손님. 주문하실 거 있으세요?"

"생맥 두 잔만 주세요."

"예, 생맥 두 잔이요."

"저기, 메뉴판도 좀 가져다주실래요?"

그 아가씨도 지금쯤 우리처럼 이렇게 평범한 주말을 보내고 있겠지? 알바생에게 주문을 하고 있는 현성이 녀석을 비롯해, 저마다 테이블에 자리를 잡고 앉아 무슨 즐거운 이야기들을 하는지 웃고 떠드는 사람들을 보니 문득 그런 생각이 들었다.

[이영지야.]

"이영지? 당신이랑 조금 안 어울리는 이름인데?"

[웃겨! 완전 어울리거든!]


웃기게도 난 이별을 할 때가 돼서야 비로소 그녀의 이름을 알 수 있었다. 하여간 떠나는 날에도 우리 생령 씨는 내 정신을 쏙 빼놨었다…….

[왔어?]

야근을 마치고 돌아오자 생령 씨가 시무룩한 목소리로 반겨왔다.

"어, 근데 이 시간까지 안 자고 뭐 해?"

[그냥… 오늘따라 잠이 안 오네?]

그래도 헤어짐은 누구에게나 아쉬운 걸까? 아니, 어쩌면 내가 그렇게 느꼈던 걸지도 모르겠다. 평소와 같았을지도 모를 그녀의 목소리를 시무룩하다고 생각했던 것일지도.

"또 괜히 사람 피곤하게 하지 말고, 그만 주무세요."

[왜 보자마자 시비야?]

"시비는 무슨. 자라고 말한 게 시비냐……."

[그게 아니라, 당신 말투를 말한 거잖아.]

"그랬으면 미안해. 나도 모르게 피곤해서 그랬나 봐."

따박따박 따져왔을 그녀가 웬일로 순순히 고개를 끄덕

였다.

[하긴, 야근해서 피곤할 텐데, 들어가서 쉬어.]

"그래. 그럼 먼저 잘게."

[응, 잘 자.]

물끄러미 바라보던 그녀의 옆을 아무렇지 않게 지나쳐 방으로 들어갔지만, 나야말로 잠이 오지 않았었다. '이렇게 피곤한데 깨어 있을 수 있다니' 하며 놀랐던 그때를 생각하니, 어느새 입가에 미소가 번졌다.

흐음… 그리고 그렇게 눈을 감은 채 10분쯤? 아니, 더 지나서였나? 어쨌든 침대 근처에서 복순의 나지막한 목소리가 들려왔다.

[승민 씨, 자?]

왠지 모르겠지만, 그녀의 질문에 대답을 하지 않았었다.

[자나 보네. 그동안 고마웠어.]

"그렇게 고마웠으면 작별 인사는 직접 하지그래?"

눈을 뜨고 소리가 들려온 곳을 바라봤을 때, 떠나려고 했던 건지 그녀는 내 방 창문에 서 있었다.

[뭐야… 안 잤어……?]

"그래. 옷깃만 스쳐도 인연인데, 이거 너무한 거 아냐?"

뭔가 말을 하려던 그녀는 잠시 머뭇거리다 고개를 저었다.

[그게… 아니다, 미안…….]

"뭐가?"

[아니, 그렇잖아. 내가 간다고 말하면, 기억을 되찾은 게 되니까.]

"웃기고 있네. 당신이 나 속인 게 하루 이틀이야? 왜 이럴 때 죄책감을 느끼는데?"

[그래서 미안하다고 했잖아.]

"이게 미안하다면 끝날 일이야? 와······."

한참 동안 가만히 서서 내 잔소리를 듣던 그녀가 갑자기 이상하다는 듯 머리를 갸웃거렸다.

[잠깐! 이상한데!]

"뭐가 이상해?"

[그렇잖아. 당신! 처음부터 내가 기억이 돌아왔단 걸 알고 있던 것처럼 행동하고 있잖아! 지금!]

"내가? 지금 놀란 마음 다잡고서 말하는 사람한테 그게 할 말이야? 제발 말이 되는 소리를 해라, 쫌."

[진짜?]

"그럴 리가 있겠어? 아까 서민후 자식이랑 말하는 거 들었으니 알고 있는 거지."

[하··· 어쩐지, 잔소리쟁이 씨가 오늘은 웬일로 가만히 있었나 했더니··· 그럼 그렇지!]

"얼씨구, 그렇다고 여태껏 사람을 속인 죄가 없어지는 건 아니거든?"

[승민 씨도 알고선 속였으니까 서로 쌤쌤 아냐?]

쌤쌤은 무슨… 지금 와서 다시 생각해 봐도 황당하기 짝이 없는 아가씨라니까.

"그래, 쌤쌤이네. 근데 대체 언제부터 기억을 찾은 거야?"

[응? 아… 그 영춘도였나? 거기서 당신이랑 민우 씨? 하여튼 그 의사 아저씨랑 술 마실 때?]

그래서 그 당시, 몸을 되찾으면 평범하게 살 수 있을까란 질문을 했던 걸지도 모르겠다.

"근데 왜 바로 안 돌아간 거야?"

[억울하잖아. 이것도 추억이라면, 추억인데… 다 사라진다는 게.]

"별게 다 억울하시네. 뭐 좋은 기억이라고."

[귀신이 있다는 것도 알았고, 생령을 볼 수도 있는 사람을 만나서 이제 '귀신이 있을까?' 하면서 고민할 필요도 없는데 안 억울하게 생겼어?]

"참으로 대~ 단한 추억이시네요. 헛소리 그만하고, 아깐 경황이 없어서 모르고 지나쳤지만, 당신, 생령이 몸으로 돌아가면 기억을 잃는다는 거 어떻게 안 거야? 난 복순 씨한테 말해준 기억이 없는데?"

[하아? 진짜 기억 안 나?]

"어. 내가 말을 해줬다는 거야?"

[푸우⋯ 그러게, 사람이 적당히 마시라고 할 때 적당히 마셨으면 얼마나 좋아~]

"무슨 뜻이야. 지금 내가 술주정으로 그런 말을 하기라도 했단 소리야?"

[알긴 아시네요. 영춘도에서 혀 꼬부라진 목소리로 저한테 그랬잖아요. '아니, 몸을 찾으면 날 기억도 하지 못할 테니까'.]

그렇게 말한 그녀는 잠시 벙한 내 얼굴을 보더니 묘한 미소를 지으며 말했다.

[어머, 이제 생각났나 보네?]

그래, 생각났었지.


"니 몸 찾아줘야 되는데 여기서 술이나 마시고 있고, 면목이 없네. 미안하다."

[뭐가 미안해. 괜찮아. 오히려 승민 씨가 나중에 내 몸을 찾으면 내가 한턱 쏴야 맞는 거 아닌가?]

"아마 그런 일은 없을 거야⋯⋯."

[뭐야? 내가 사주는 건 먹기도 싫다는 거야?]

뽀로통해서 묻는 그녀에게 그렇게 답을 했었다. 이런 걸 보면, 술이 웬수란 말이 괜히 있는 게 아닌 모양이다. 그녀가 돌아갈 때까지 말하지 않으려던 것을 술술 불고 말았으니…….

[앞으론 술 좀 적당히 드세요.]

"말 안 해도 지금 뼈저리게 느꼈거든."

떨떠름한 얼굴로 그런 말을 하는 내가 우스웠는지, 그녀는 한참을 웃은 뒤에야 후련하단 표정으로 입을 열었다.

[그래도 가기 전에 인사는 하고 싶었는데, 다행이네.]

"왜, 이제 가려고?"

[응, 그래야지.]

"그래. 근데 정말 괜찮아? 어쩌면 기억을 잃을 수도 있는데……."

[알고 있어. 서민후란 그 사람 성격이면 거짓말을 했을 가능성이 높겠지. 그래도 이젠 괜찮아.]

마음의 정리를 마쳤는지, 그녀는 평온한 모습이었다.

"그동안 고생 많았다. 어째 간다니까 시원섭섭하네. 잘 살아라."

[참 나… 어이가 없네…….]

"왜? 잘 가라고 해줬구만, 뭐가 또 불만인데?"

[기억을 찾았다는데, 내 이름도 안 궁금한 거야?]

"아… 미안. 하도 오래 복순이라고 불러서 당연히 복순
인 줄 알았어."

[뭐? 이 씨!]

"장난이야. 뭔데?"

[됐어! 안 알려줄 거야!]

"장난이라고 했잖아. 뭔데? 당신 그렇게 갔다가 나중에
후회한다."

말은 이렇게 했지만, 사실은 내가 후회할 것만 같았다.
지금 듣지 않으면, 영영 들을 수 없을 것만 같았기에 한 번
더 그녀에게 물었다.

"진짜 말 안 해줄 거야?"

[치, 한 번만 말할 거니까 잘 들어.]


이영지 씨, 지금 잘 지내고 있지?

그녀가 떠난 지 수개월이 지났다. '생령이 된 이유? 깨어
나면 그때 알려줄게'라고 말하던 그녀에게서 아무런 연락
이 없는 걸 보면, 어쩌면 추억 속에서나 만날 수 있는 사람
이 한 명 더 늘어난 걸지도 모르겠다.

망할 서민후 자식에게 또 속은 건가. 하지만 이번엔 놈
에게 고마워해야겠지. 결국 이렇게 될 일이었으니까.

그녀와의 일들을 떠올리며 알바생이 막 테이블에 내려놓

은 맥주를 집는데, 현성이 녀석이 나를 보며 따라 웃는다.

"뭘 실실 쪼개?"

"그러는 너는 왜 따라 웃어?"

"거울 한 번도 안 봤어? 봤으면 왜 웃는지 알 텐데? 무표정일 때도 웃긴 놈이 웃어봐라. 안 웃게 생겼어?"

"지랄하네. 너나 나나 도찐개찐이야, 냉정하게 따져서, 우리 중에 잘생긴 놈은 지훈이 말고 없거든? 얻다 대고 면상으로 시비야, 먹다 버린 땅콩처럼 생긴 새끼가?"

"야, 지나가는 사람 붙잡고 물어볼까? 그래도 너보단 내가 낫지?"

"지나가는 사람 눈엔 오징어랑 꼴뚜기가 먹물 대결 하는 거로 보여. 제발 그냥 술이나 마시자."

"에휴, 너랑 뭔 말을 하겠냐? 마시기나 하자."

그래, 마셔봅세. 오늘따라 목으로 넘어가는 탄산의 느낌보단 맥주 특유의 씁쓸한 맛만이 목을 적신다.

*       *       *

2008년부터 급속도로 떨어지기 시작했던 주식은 올 초 미국 서브프라임으로 인해 결국 최악으로 치달았다. 그러나 언제 1,000포인트까지 떨어졌냐는 듯, 9월이 끝나가는 지금에 와서는 1,700선을 왔다 갔다 하고 있었다.

그건 이제 내가 그동안 매수했던 주식들을 매도할 시기가 찾아왔다는 말이기도 했다.

"아이고, 머리야……."

한현성, 이 새끼 바쁘다는 건 그저 핑계가 아냐?

통으로 가져다줘도 그대로 맥주를 들이켤 기세였던 놈을 떠올리니, 안 그래도 버티긴 힘든 숙취가 점점 심해진다.

"어디 보자. S전자가 78만 원이라… 50에 사뒀었는데, 벌써 이렇게 됐네."

1,600선까지만 오르면 팔자고 마음먹었는데 조두칠 사건에 여러 가지 일들이 겹치다 보니, 이제야 주식이 눈이 들어온다. 사람이란 게 이렇게 간사한가 보다.

내가 만약 미래를 알지 못했어도 이렇게 여유로웠을까? 벌벌 떨면서 주식 창만 바라보던 과거를 생각해 보면 말도 안 되는 소리지.

"출근 전에 자동 매도나 걸어 볼까. 78만 원이니, 77만 9천 원에 팔면 되겠구만."

날이 갈수록 기술은 점점 발전해 가는데 어째 사람이 살기는 점점 힘든지 모르겠다.

그만큼 각박해져 가는 걸까?

OO재단 놈들에게 당한 후원금 사기까지 떠올리니, 그

저 한숨만 나온다.

"더 한숨이 나오는 건 이 몸을 이끌고 출근을 해야 한다는 건데……."

지친 몸을 이끌고 이제 조금 낯을 익힌 남부검찰청 사람들에게 가벼운 목례를 하며 엘리베이터를 기다리고 있는데, 누군가 뒤에서 어깨를 잡아왔다.

"안녕하십니까."

형사 2부 부부장검사인 정홍수 검사가 내게 무슨 일이지?

"그래, 최 검사. 아침부터 왜 이리 힘이 없어? 어디 안 좋아?"

"아닙니다, 괜찮습니다."

"뭐가 아냐? 얼씨구, 이제 보니까 어제 한잔했나 봐?"

"예, 일이 좀 있어서 그렇게 됐습니다. 죄송합니다."

"아니야. 이 일 하다 보면 당연히 그럴 수밖에. 나도 자네 같을 땐 한창 마셔댔어. 괜찮아. 그건 그렇고, 이번 사건 잘 해결했다며?"

"예, 운이 따라서 잘 해결됐습니다."

"운이라… 그게 운이었는지는 실력이었는진 좀 더 지켜보면 알 수 있겠지. 어쩌면 자네, 나랑 같이 일하게 될지도 모르니까 말이야."

"제가 말입니까?"

이건 또 무슨 소리지? 설마 형사 2부로 또 이동이 된다는 소리인가?

"그래, 아직 결정된 건 아니지만, 내년에 검찰 부서가 팀제로 바뀔지도 모른다더구만. 그렇게 되면 아직 초임인 자네와 내가 한 팀이 될 가능성이 높지."

"팀제라니, 무슨 뜻입니까?"

"말 그대로야. 지금처럼 검사 단독으로 사건을 처리하는게 아니라, 최소 검사 3명에서 많으면 5명까지 묶어서 한팀으로 운영하려는 모양인데, 뭐, 취소될 수도 있으니 그렇게만 알아두면 돼."

"그렇습니까?"

"그래. 아무래도 이쪽에 베테랑들이 많으니 만약 확정이된다면, 다시 인사이동이 있을 거야."

그가 이렇게 말을 하는 걸 보면 위에선 어느 정도 윤곽을 잡은 모양인데. 팀제라… 경험이 부족한 내겐 나쁠 건없었다.

**5장**

의문의 납치 사건

"아무튼 혹시라도 그렇게 된다면, 잘 부탁해?"

"저야말로 잘 부탁드립니다, 부부장검사님."

팅!

"이거 정말 기대가 되는구만."

때마침 목적지 중 한 곳인 3층에서 멈춰 선 엘리베이터의 문이 열리자, 그 말과 함께 자리를 떠났다.

"정말 잘 부탁한다는 사람의 표정은 아니었지."

하긴 아직도 복도를 걸을 때면 뒤에서 수군거리는 소리가 들리는 마당에, 그가 그런 표정을 짓는 건 어쩌면 당연할 걸지도 모르겠다. 내가 생각해도 1년 차가 살인 사건을 맡는 건 정말 이례적인 일이니, 내 속사정을 모르는 이들이 보면 매스컴 덕을 본 낙하산 인사라고 생각하기 딱 좋지.

"안녕하십니까. 검사님."

"예, 안녕하세요. 두 분 다 반갑습니다."

"근데 검사님, 무슨 일 있으신가요?"

"아뇨, 수사관님. 어제 과음을 조금 해서 그렇게 보인 걸지도 모르겠네요. 아무 일도 없습니다."

"표정이 왠지 모르게 어두우신 게 과음 때문이라고 보기엔 조금 이상한데요? 안 그래요, 혜정 씨?"

"그러고 보니 평소랑 다르신 것 같기도 하네요."

"그런가요? 어쩌면 오면서 들었던 이야기가 원인일 수도 있겠네요. 나쁜 소식이라고 할 정도는 아니지만, 제겐 좋은 얘기만은 아니긴 했죠."

"그게 무슨?"

"엘리베이터에서 형사 2부 부부장검사님과 잠시 대화를 나누게 됐는데, 내년에 팀제로 바뀔지도 모른다더군요."

"팀제요?"

정홍수 검사가 확신하는 것처럼 말을 해 전입해 오기 전에 이미 소문이 오갔을 줄 알았더니 그건 아닌 모양이네.

"어라, 어째 수사관님도 처음 듣는 이야기인가 봅니다?"

"예. 그런 소문은 들어본 적이 없습니다. 혹시 남부지검 만 시범적으로 그렇게 운영을 한다는 건가요?"

"부부장검사님께서 시행이 되면 인사이동이 있을 거라고 말씀하신 걸 보면, 아마도 그건 아닌 것 같습니다."

"갑자기 팀제라니… 당황스럽네요."

수사관의 덤덤한 표정과 대조적으로 이제 한 달이 조금 넘은 혜정 씨의 얼굴엔 근심이 가득해 보인다.

"너무 걱정 마세요, 혜정 씨. 다들 좋으신 분이니 팀제가 돼도 별로 달라지는 건 없을 거예요."

"예……."

그녀에겐 수사관의 위로가 그리 도움이 되지 않는 모양 이다.

"저도 갑작스레 들은 일이라 조금 놀랐던 거지, 사실 팀 제가 도입된다면 두 분께선 초짜인 저와 같이 일하는 것보 단 훨씬 편할 겁니다."

뭐지, 이 어색한 반응은?

"그건 아닐 것 같은데요? 아직 일한 지 얼마 안 됐지만, 혜정 씨도 그렇고, 저도 그렇고 지금보다 편하게 근무한 적 은 없었는걸요."

다르게 말하면, 호구 하나 잡았다는 걸로 들리는데…….

"그거 칭찬 맞죠?"

"그럼요~ 안 그래요, 혜정 씨?"

"당연하죠!"

퍽이나 그러시겠네…….

"그렇다니 다행이네요. 그럼 전 아침 회의 때문에 잠시 실례하겠습니다."

"예, 다녀오십시오."


*　　　　*　　　　*


"최 검사, 지낼 만하고?"

살찐 너구리같이 후덕한 부장검사가 눈썹을 들썩이며 능글맞게 물어왔다.

"예, 부장님. 부장님께서 신경 써주신 덕분에 잘 지내고 있습니다."

"그거 다행이군. 아까 말한 대로 그 사건도 한번 잘 맡아봐."

"부장님, 외람된 말씀이지만, 이건 제가 맡기엔 조금 무리가…….'

"허허… 뭘 그리 빼. 자네니까 믿고 맡기는 거야. 이런 경험도 해봐야지? 안 그런가?"

"무슨 말씀이신지는 알겠습니다만, 그래도……."

"됐어, 됐어. 담당 형사가 베테랑이니, 알아서 자네의 보조를 잘 맞춰줄 거야. 그러니 자넨 그런 걱정 말고 맡아."

이거 빼도 박도 못하게 된 건가. 능구렁이 같은 양반, 이럴수록 힘들어지는 게 나란 걸 잘 알고 있으면서 배려하는 척은.

"알겠습니다. 그럼 한번 열심히 해보겠습니다."

만족스러운 미소를 지은 부장검사가 아침 회의를 마치자, 변함없는 풍경이 펼쳐진다.

"이야, 우리 최 검사에 대한 부장님의 믿음이 아주 대단하시구만. 어이, 최 검사."

"예, 조 선배님."

"좋겠어, 응?"

"아닙니다. 그럴 리가요."

"뭐가 아냐? 누가 보면 부장님 아드님인 줄 알겠어?"

"야, 조 검사. 그만해. 사람 무안하게 뭐하는 거야? 니가 이해해라, 승민아."

"이해라뇨, 괜찮습니다."

이런 상황들이 형사 2부 부부장검사 정홍수도 그렇고, 다른 동료 검사들이 나를 곱지 않은 시선으로 보게 만드는 주요 원인이었다. 그 와중에도 부장검사 라인을 타보려는 자들과 시기하는 자들이 나를 둘러싸고 하는 행태를 보고 있자면, 정말 이들이 그 어렵던 사법고시를 통과한 사회의 엘리트층이 맞나 싶다.

그렇게 평소처럼 지옥 같은 아침 회의가 끝나고, 내게 돌아온 것은 산더미같이 쌓인 서류들이었다. 무슨 범죄의 왕국도 아니고, 하루 할당량이라고 보기엔 믿기지 않는 그 것들을 카트에 싣고 사무실에 도착하자 수사관과 이야기를 나누던 박 형사님께서 뒤를 돌아봤다.

부장검사가 말하던 베테랑이 누군가 했더니…….

"안녕하십니까, 검사님."

"예, 안녕하세요."

"그게 오늘 처리할 업무인가 봅니다."

"보시다시피 그렇습니다. 근데 반장님께서 여기까지 어쩐 일로 오셨습니까?"

"어젯밤에 사건이 하나 터졌는데, 검사님께서 배정받으셨다고 연락을 받아서 이렇게 오게 됐습니다."

"반장님께서 직접 여기까지 오실 만한 사건은 한 건뿐이 없는 것 같네요."

"납치 사건을 말씀하시는 거면 맞습니다."

"그럼 맞는 거 같군요."

박 형사님께 중앙 테이블에 놓여 있는 의자를 권하며 자리에 앉자 두 여인이 쪼르르 달려왔다. 그 모습을 본 형사님께선 잠시 당황했지만, 자연스러운 그녀들의 행동에 웃으며 말을 시작했다.

"항상 이렇게 모여서 회의를 하십니까?"

"예, 검사님께서 원하시니 그래야죠."

"강요한 적은 없는데요, 수사관님."

"저희도 감히 검사님의 말씀을 거부할 권리가 없어서요."

캔 커피를 홀짝이며 말씀을 하시는 분께서 퍽도 그러시겠네.

"이거 검찰 내 상관의 가혹 행위가 상당히 심한 것 같네요."

수사관의 농담에 맞장구를 치는 형사님을 보고 있자니 이기동 사건 때, 서로 못 잡아먹어서 안달이었던 분들이 맞나 싶다.

"사안이 사안이니, 다들 농담은 그쯤 하고 본론으로 들어가죠."

조용히 들려오는 '농담이 아닌데'란 수사관의 말을 무시하며 형사님을 바라봤다.

"반장님, 부장님께 들은 바로는 20대 초중반의 여성이 도로변에서 납치를 당했다던데, 도대체 어떻게 된 사건입니까?"

"그게 어젯밤 23시 45분에서 50분 사이에 가양동 쪽 양
천교역 근처에서 사내들이 봉고차에서 내려, 길가를 따라
걷고 있던 여성을 강제로 차에 태워 그대로 끌고 간 모양
입니다."

"차 번호나 여성의 인상착의는 확인됐습니까?"

"아니요. 신고한 목격자들이 당시 만취 상태여서 차 번
호는 기억이 나지 않는다더군요. 여성의 인상착의 역시 당
시 주위가 어두워 자세히 보지 못했다고 합니다."

"그럼 대략 20대 초중반이었다는 거군요. 최악의 경우
틀렸을 수도 있고."

"제 생각엔 틀릴 확률보단 맞을 확률이 높을 겁니다."

"그렇게 생각하시는 특별한 이유라도 있습니까?"

"눈앞에서 범인의 차량이 떠나고 5분쯤 뒤에야 신고를
했다고 하더군요."

형사님의 말이 믿기지 않는 듯 혜정 씨가 떨리는 목소리
로 물었다.

"그게 무슨… 설마 멀리서 목격한 게 아니란 말씀이에
요?"

"예, 바로 20m쯤 앞에서 사건이 벌어졌었습니다."

"분명히 피해자가 반항했을 텐데! 그 정도 거리였으면 충

분히 구할 수 있었을 텐데요!"

"혜정 씨의 마음은 이해하지만 그들 또한 일반인입니다. 상대가 수적으로 우세했고 갑작스러운 상황에 당황했을 겁니다."

"그래도……."

안타까운 듯 말을 흐리는 혜정 씨를 달래던 수사관이 형사님께 물었다.

"반장님, 그럼 지금으로선 피해자의 신분을 확인할 방법이 없는 겁니까?"

차분한 어조였지만, 평소 수사관의 목소리완 분명한 차이가 있었다. 그것을 캐치한 것은 나만이 아니었는지, 형사님께서 씁쓸한 눈빛으로 그녀에게 답했다.

"예, 아쉽게도 현재로선 없습니다."

"후, 다들 일단 잠시 쉬었다 하죠. 머리도 좀 식혀야 될 것 같은데."

"검사님 말씀대로 그게 좋을 것 같습니다."

"그럼 전 화장실 좀 다녀오겠습니다."

"같이 가시죠, 검사님."

남자 화장실에 들어서자마자, 형사님께서 어깨를 툭 쳐 왔다.

"괜찮냐?"

"예, 괜찮아요."

"그래? 다행이네. 나는 또 니 성격에 그 이야기 듣자마자 폭발할 줄 알았는데, 고새 검사가 다 된 거 같네. 아니면… 아니다."

"왜요? 사람 궁금하게 말을 하다 말아요?"

"됐어, 인마. 오줌이나 마저 싸고 와. 먼저 들어간다."

"에이~ 얼마나 걸린다고. 같이 가요."

형사님도 참 이럴 때 보면 형사가 맞나 싶다. 그렇게 속이는 게 서툴러서야. 하긴 멈칫했던 그때, 내 오른쪽 복부로 시선이 향하던 형사님의 턱에 돋아난 힘줄을 보면 나보단 형사님께 더 충격적인 사건일지도 모르겠다.

"자, 그럼 충분히 쉰 거 같은데 다시 시작해 보죠. 반장님, 지금 어떤 식으로 수사를 진행하고 있죠?"

"일단 피해자가 20대의 여성인 데다 귀가 중에 당했을 가능성이 높으니, 실종자 신고를 주시하고 있습니다."

"그 외에는요."

"저희 3팀 인원 4명을 동원해 주변을 탐문하고 있습니다만, 아직까지 연락이 없는 걸 보면 이렇다 할 수확은 없다고 봐야 될 것 같습니다."

골치 아프구만. 아직까지 피해자 가족에게 협박을 받았다는 신고조차 접수되지 않았다면, 일반적인 납치 사건이 아닐 가능성도 있어. 어떻게 풀어나가야 되나.

"차량 종류도, 번호도, 심지어 피해자마저 특정이 되지 않은 시점에서 어떻게 풀어나가야 될지 모르겠습니다."

수사관의 회의적인 말에도 누구 하나 반박을 하지 못했다.

"그렇다고 이렇게 손 놓고 있을 순 없잖아요? 지금도 피해자는 생사의 고비를 넘고 있을지도 모르는데."

"검사님, 뭔가 방법이라도 있으신가요?"

"혜정 씨, 저도 그랬으면 좋겠는데, 애초에 납치 사건도 처음이라 원론적인 방법 말곤 딱히 떠오르는 게 없네요."

"어떤 방법 말씀입니까?"

기대를 하고 있는 걸까? 박 형사님의 눈이 순간 빛난다. 그러다 실망할 텐데.

"방금 형사님께서 말씀하셨던 내용들이요."

"하… 검사님……."

"알고 있습니다. 방법이 없으면 만들어내야죠."


*　　　　　*　　　　　*


"그래서 고작 만들어낸 방법이 또 탐문 수사를 돕겠다는 거냐? 만들긴 개뿔, 이럴 거면 그냥 이번 기회에 검사

때려치우고 내 밑으로 들어와, 자식아."

"에이, 섭섭하게 그게 무슨 말씀이에요? 저도 나름대로 생각이 있으니까 이런 건데."

"무슨 생각? 정말 생각이 있긴 한 거야?"

"당연하죠."

"그런 놈이 이 바닥에서 잔뼈가 굵은 나도 부담스러워하는 납치 사건을 덥석 물어?"

"저도~ 물고 싶어서 문 거 아니에요. 억지로 주둥이에 낚시 바늘을 끼우는데 제가 어떻게 합니까?"

"뭐?"

"형사님도 대충 눈치채셨으면서, 안 어울리게 뭘 그렇게 놀라는 척하세요."

"역시 그 사건 때문에 좌천된 거냐?"

"설마설마했는데… 부장검사가 하는 짓을 보니 맞는 거 같아요. 안 그러면 살인 사건이나 납치 사건을 초임한테 맡기진 않지 않겠어요?"

"에이, 씨발, 좆같네, 진짜. 지금 네놈 목이 댕강댕강 하단 소리 아냐."

"어쩌면 이미 잘렸을지도 모르죠."

형사님에게 말을 마치기 무섭게 머리에 무언가 올려진 것 같은 묵직한 느낌이 났다.

"뭐예요?"

그 말에 머리에 올린 손을 휘저으며 형사님께서 씨익 웃었다.

"나야말로 묻고 싶다. 대체 거기서 뭔 일을 겪었길래, 이제 30도 안 된 놈이 그런 생각을 하고 있는지."

"그냥 이런저런 일들?"

"그냥은 무슨. 아무튼 니 목이 붙어 있으려면 무사히 해결을 해야 한다는 거구만."

"뭐, 그렇죠."

말씀드린 대로 아닐지도 모르지만.

"그럼 후딱 해결합세."

"단서도 못 잡고 있는데, 무슨 수로요?"

"방금 방법이 있다며?"

벙한 나는 보이지도 않는지, 어깨를 으쓱하신 형사님은 어서 따라오라는 손짓을 해왔다.

"안 따라오고 거기서 뭐 해? 밍기적거리면 진짜 니 말대로 된다."

"뭐가 제 말대로 돼요?"

"니놈 모가지지 뭐야. 이 바닥에서 사람 쳐내는 거 한두 번 본 줄 알아? 다른 놈한테 사건 넘어가기 전에 어여 움직이자고."

"예, 가요."

박 형사님을 따라 주차장에 도착하자, 형사님을 보고 달려오던 김 형사가 나를 발견하고는 어색한 얼굴로 고개를 숙여왔다.

"안녕하십니까, 검사님."

"안녕하세요, 김 형사님. 오랜만입니다."

"예. 그런데 여긴 어쩐 일로……."

"뭘 어쩐 일이야. 당연히 용무가 있으니까 오신 거지, 자식아."

"아휴, 팀장님. 제가 설마 그걸 몰라서 묻겠습니까?"

"뭐, 뒤질래?"

"아니, 제가 뭘 했다고 갑자기 화를 내시고 그러십니까……."

"자, 자, 두 분 다 그만 진정하세요."

"검사님 덕분에 산 줄 알아라."

박 형사님께서 차에 올라타자, 김 형사가 귓속말을 해왔다.

"저희 팀장님 기분이 안 좋아 보이시는데, 혹시 안에서 무슨 일 있으셨습니까?"

"아니요. 사건이 잘 안 풀려서 그러신 모양입니다."

"저분이 그럴 분이 아닌데."

뭔가 이상하다는 듯 고개를 갸웃거리던 그가 평소의 멍한 얼굴로 이쪽을 바라봤다.

"근데 검사님께선 정말 무슨 일로 오신 겁니까?"

"제가 확인해 볼 게 있어서 반장님께 부탁 좀 드렸습니다."

"확인이요?"

"이러고 있다가 김 형사님께 불똥이 튈 것 같네요. 그건 가면서 이야기하죠."

"예. 제 생각도 그게 나을 것 같습니다."

내려가는 와중에 누군가와 통화를 하면서도 야차와 같은 얼굴로 이쪽을 노려보는 박 형사님과 눈이 마주친 김 형사가 서둘러 운전석으로 달려갔다.

"어, 김 형사, 잠시만."

"예, 팀장님."

"양현교역 쪽으로 출발해."

"양현교요?"

"그래."

"알겠습니다. 바로 출발하겠습니다."

김 형사와 짧은 대화를 마친 형사님께선 다시 통화를 계속했다.

"유 형사, 계속 보고해. 그래? 아무것도 안 나와?"

무슨 일이지? 통화가 길어질수록 형사님의 표정은 점점 심각해졌다.

"그게 말이 되나? 실종 신고나 피해자 가족에게 연락도 없고? 하… 혹시 모르니까, 다른 실종 사건 있는지 협조 요청해 봐. 그래, 너도 수고해라."

"반장님, 무슨 일이신데, 그렇게 심각하십니까?"

"아, 그게 수사에 진척도 없고, 인근 지역 CCTV를 조사했는데 범행 지역 근처 CCTV에 잡힌 게 없다네요."

말을 꺼내려는 순간, 김 형사가 먼저 입을 열었다.

"그거 이상하네요. 깔린 CCTV가 몇 개인데, 그걸 다 피해 갔다고요?"

"그래, 자식아."

이기동 사건도 CCTV로 결정적인 단서를 잡았었기에 은근히 이번에도 기대를 하셨던 모양인지, 형사님이 아쉽다는 듯 입맛을 다시며 말했다.

"검사님, 지금 상황에선 탐문 수사 말고는 답이 없을 것 같습니다."

"그러게요. 또 CCTV 덕 좀 보나 했더니."

"그럼 일단 양현교 근처 아파트 단지 쪽부터 수사를 진행하도록 하겠습니다."

"반장님, 죄송한데 편의점 쪽부터 조사를 하는 게 어떨까요?"

"편의점이요?"

"예, 아무래도 CCTV에 잡히질 않았다는 게 수상해서요."

"그렇게 말씀하시는 걸 보면, 단순히 목격자를 찾으시려는 것 같진 않으신데. 뭔가 짚이는 거라도 있으십니까?"

"사방에 중구난방으로 깔려 있는 CCTV를 모조리 피해 갔다? 우연일 가능성보단 사전에 계획된 범죄일 가능성이 높지 않겠어요? 분명 수상한 차량을 본 사람이 있을 겁니다."

"검사님 말씀대로 계획된 범죄일 가능성이 높은 건 사실입니다만, 아시다시피 편의점이란 곳이 마트처럼 사람들이 일정하게 방문하는 곳은 아니지 않습니까."

"예, 그래도 언제나 예외는 있는 법이잖아요."

"그렇군요. 예외는 있는 법이죠."

내 말뜻을 눈치챈 형사님께서 씨익 웃으며 김 형사를 바라봤다.

"김 형사, 지금 당장 유 형사한테 연락해서 양현교역 근처에 편의점이 몇 군데나 있는지 알아보라고 해."

"에이~ 팀장님도 참! 요즘이 어떤 때인데 그런 걸 연락합니까? 인터넷에서 양현교역이라고 치면 다 나옵니다."

"그럼 말대꾸할 시간에 찾아, 이 자식아!"

"안 그래도 찾았습니다. 자요."

김 형사에게 건네받은 핸드폰을 확인한 형사님께서 어이가 없다는 듯 헛웃음을 내뱉었다.

"아니, 이 조그마한 동네에 무슨 편의점이 4개나 붙어 있어?"

"그러게나 말입니다. 근데 두 분께서 아까 하신 말씀이 조금 이해가 안 돼서 그러는데, 예외란 게 대체 뭡니까, 팀장님?"

"아휴… 이 밥통아, 뭐겠냐?"

"밥통이 어찌 알겠습니까?"

맨날 형사님께서 왜 그리 괴롭히나 했는데, 사사건건 깐족대는 모습을 보니 저 양반도 맞을 짓을 사서 하는 모양이구만. 아니나 다를까, 이번에도 그의 뒤통수를 향해 박 형사님의 큼지막한 손이 날아갔다.

"또 왜 때립니까!"

"수강료다, 자식아! 생각을 해봐라. 죄다 움직이면 편의점에서 물건을 누가 파냐?"

"그럼 편의점 알바를 확인해 보려고 했던 겁니까?"

"그래. 골치 아플 테니 마음 단단히 먹어둬."

"에이~ 가서 알바한테 질문 몇 가지만 하면 되는데, 그게 뭐 어렵다고 그러십니까?"

"그럼 니가 다 하는 거다?"

"언젠 안 그랬습니까?"

"이따 딴말하면 죽는다?"

"걱정 마십쇼~"

앙숙인지 단짝인지 모를 둘의 만담을 듣다 보니 어느새 목적지인 T편의점에 도착해 있었다. 그리고 부산을 떨며 차에서 내리던 김 형사가 형사님께 물었다.

"근데 말입니다, 팀장님."

"뭐가 또 근데야?"

"이럴 거면 그냥 편의점 점주들에게 알바생 연락처를 알아내서 묻는 게 더 빠르지 않습니까?"

김 형사의 말을 듣고 아차 싶었던 그때, 형사님께서 심드렁한 얼굴로 그에게 대꾸했다.

"그럼 나랑 검사님이 지금 헛짓거리를 한다는 거야?"

"아니, 그런 말이 아니잖습니까. 다른 의도가 있어서 그런가 물어본 거죠?"

비실비실 웃는 걸 보면 내심 그런 마음이 있긴 했나 보다.

"의도는 무슨. 때론 직접 오는 게 더 빠를 때도 있으니까 그런 거다. 점주들한테 연락해서 사정을 설명하고 어쩌고 하는 것보다, 그냥 와서 알바한테 점주한테 연락하라고 하는 게 훨씬 빨라. 혹시나 점포에 불이익이 있을까 봐 바로 알려주거든."

"그거 왠지 저희가 악당 같은데요?"

"24시간 불철주야로 국민을 지키는 악당 봤어? 이 정도는 해도 돼. 안 그렇습니까, 검사님?"

"그럼요. 사건이 빨리 해결돼야 서로에게 좋은 거 아니겠습니까."

"봐봐, 검사님도 그러시다잖아."

"누가 뭐랬습니까? 맨날 저만 못 잡아먹어서 안달이십니다."

"미운 짓만 골라하니까 그렇지. 유 형사처럼 좀 진득할 순 없냐? 보면 볼수록 넌 형사인지 양아치인지 구분이 안 가냐."

김 형사가 투덜대는 모습을 바라보던 형사님은 마치 다음부턴 이런 실수를 하지 말라는 듯 내게 몰래 윙크를 해왔다.

"그럼 가볼까요?"

"그러시죠, 검사님."

"어서 오세요~"

건물 안으로 들어서자, 반갑게 인사를 하던 알바생은 박 형사님이 내민 형사 배지를 보자마자 급속도로 표정이 굳어갔다.

"강서 경찰서 강력 3팀 박준혁 형사입니다."

"예… 무슨 일 때문에 그러시는지……."

"다름이 아니라, 이 근방에서 벌어진 납치 사건과 관련해 몇 가지 여쭤볼 게 있어서 그런 거니 긴장하지 않으셔도 됩니다."

안도의 한숨을 내쉬는 알바생에게 수상한 차량을 본 적이 있냐는 질문을 시작으로 몇 가지를 물어봤지만, 별다른 것은 건질 수 없었다.

"협조 감사합니다. 죄송하지만, 편의점 사장님 연락처 좀 알 수 있을까요?"

"예? 근데 왜 그러시는지?"

"별거 아닙니다. 다른 알바생분들 연락처 좀 알아보려고 그러는 겁니다."

간단한 탐문 수사를 마치고 편의점에서 나오자 김 형사가 어이없다는 듯 박 형사님을 노려봤다.

"이래서였습니까, 아까 골치 아프다고 하셨던 게?"

"왜, 아깐 쉽다며?"

"하… 진짜 너무하십니다."

"검사님, 탐문 수사 끝나면 김 형사가 Y, M 두 곳을 맡고, 저희 팀에서 T를 맡을 테니 검사님께선 F편의점만 맡아주시면 될 것 같습니다."

"팀장님?"

"그래도 양심이 있어서 하난 우리가 맡잖아? 그러게, 그놈의 입 좀 조심하지 그랬어. 내가 언젠가 너 크게 당할 거라고 했지?"

"하이고! 팀장님께서 말려주시지 그러셨습니까? 옆에 계셨던 분이 뭐 하셨습니까."

"이것 봐라? 죽을래?"

"어차피 죄송하다고 빌어봐야 들어주지도 않을 텐데, 이렇게 화라도 풀어야 되지 않겠습니까?"

"두 분 다 진정하시죠. 저희 쪽에서 Y랑 F를 맡겠습니다."

"검사님, 정말이십니까!"

"당연하죠. 그럼 김 형사님이 M하고 T를 맡으시면 되는 거죠, 반장님?"

"예, 그러면 될 것 같습니다, 검사님."

*       *       *

"잘 다녀오셨습니까?"

"예, 수사관님. 근데 딱히 건진 건 없네요."

"그렇습니까? 그런 것치곤 기분이 좋아 보이시는데요?"

"아, 그럴 일이 조금 있었습니다."

"무슨 일인지 궁금해지는데요?"

"말해 드리고 싶지만, 김 형사님께서 삐지실 것 같아서요."

"그분이 또 한 건 하셨나 보네요."

"예, 아무튼 건진 건 없지만 일거린 양손 가득 가져오게 됐습니다."

"그거 듣던 중 참 듣기 싫은 말이네요."

안 그래도 사무실을 박차고 나간 상사 대신 이것저것 조사하느라 지친 아가씨들이 볼멘소리를 해온다.

"일거리요……?"

"일이라고 해봐야, 전화 몇 통만 하면 되는 거니 그리 어려운 건 아닙니다."

"하… 검사님께서 그렇게 말씀하시는 걸 보면, 쉬운 일은 아닐 것 같지 않아요, 혜정 씨?"

"그러게요. 맨날 어렵지 않다는데… 대체 검사님께서 어려워하시는 게 뭔지 모르겠어용~"

역시나 이럴 땐 먹을 것만 한 게 없지.

"이따 한턱 쏠 테니 조금만 더 힘내죠, 우리."

"어머! 저희가 무슨 돼지인 줄 아시나 봐요? 안 그래요,
혜정 씨?"

한턱 쏜다는 말에 눈을 빛내던 혜정 씨가 수사관의 말
에 반사적으로 고개를 끄덕였지만, 그녀의 얼굴엔 아쉬움
이 가득했다.

"당연히 해야 할 일이니까 하는 겁니다."

"알겠습니다, 수사관님. 제가 실수를 한 모양이네요. 그
럼 없던 일로 하죠."

"어떻게 그래요. 그러면 저희가 검사님의 성의를 무시하
는 꼴인데요. 저희가 어떻게 도와드리면 될까요?"

말이나 못하면 밉지나 않지.


"예, 협. 조. 감사합니다."

알바생들의 불성실한 태도에 화가 났는지, 수화기를 내
려놓는 수사관이 언짢은 듯 중얼거렸다.

"자기 가족이 당했으면 당장 뛰어와서 잡으라고 소리쳤
을 거면서, 남 일이라고 참 너무들 하네."

"수사관님, 뭣 좀 나왔어요?"

"아니요… 검사님. 다들 모른다고만 하네요. 근데 원래
아까 나가실 땐 아파트 상가 단지 쪽 탐문 수사하기로 하
신 거 아니었습니까?"

"맞습니다. 그러려고 했죠."

"근데 왜 갑자기 편의점으로 바꾸셨습니까?"

"경찰 조사 결과, CCTV에 걸리지 않았다고 하더라고요. 그럼 계획적인 범행일 가능성이 높으니 근처 알바생이라면 혹시나 수상한 사람이나 차량을 봤을지도 모르겠다 싶더 군요."

"흐응… 알바생이라면, 검사님 말씀처럼 봤을 수도 있겠 네요."

"혜정 씨, 왜 그렇죠?"

수사관의 물음에 그녀가 배시시 웃으며 말했다.

"알바생이면 대부분 아직 어린 학생들인데, 차를 타고 출근을 하지 않을 테니까요. 끽해봐야 대중교통을 이용한 다고 해도 어느 정도는 걸어야 할 테고, 매일 그 길을 걸을 테니 가능성이 높지 않을까 싶어서요."

눈까지 깜박이는 걸 보면 항상 엉뚱한 말을 하던 혜정 씨의 정론에 수사관이 꽤나 놀란 모양이다.

"그렇네요. 근데 왜 알바생들은 다들 모른다고만 하는지 모르겠네요."

"그건……."

수사관의 한숨이 섞인 말에 당황한 혜정 씨가 뭔가 말 을 하려고 했지만, 딱히 떠오르지 않는지 말을 멈췄다.

"그냥 답답해서 한 말이니까, 신경 쓰지 않아도 돼요."

"예……."

그런 표정으로 말을 하면 어떻게 신경을 안 쓰나, 이 아가씨야.

"아마, 그 사람들에겐 일상의 일부분이라 기억을 못 하는 걸지도 모르죠."

"검사님, 그게 무슨 말씀이십니까?"

"말씀드린 그대로입니다. 수사관님께서도 출퇴근할 때 그냥 그러려니 하고 지나치지, 주위를 유심히 보진 않습니까? 아무래도 매일 봐왔던 거리니까요."

"그렇긴 하지만, 그래도 어느 날 갑자기 봉고차 한 대가 계속 서 있다면 신경 쓰이지 않을까요?"

"CCTV를 피해 갔던 일도 그렇고, 알바생들이 크게 신경 쓰지 않았던 걸 보면 갑자기 일어난 일이 아니었을 가능성이 높습니다."

"갑자기가 아니라니요? 아니, 그런 일이 있었는데 어떻게 그걸 모를 수가 있죠?"

"저희야 범죄가 일어난 곳이니 그런 생각을 하지만, 그들에겐 봉고차 한 대가 계속 놓여 있던 것은 별로 큰일이 아닐 수도 있습니다. 그냥 일상생활을 하던 장소일 테니까요. 누구도 자신에게 그런 일이 닥칠 거란 생각을 하면서 살아

가진 않잖아요."

말을 마치고 수사관을 바라보고 있을 때, 혜정 씨가 이해했다는 듯 손뼉을 치며 입을 열었다.

"그러니까! 처음 우리 예상과는 반대로, 그 지역을 이용하는 사람들이 의심하지 못할 정도로 봉고차가 장기간 그곳에 있었을 거란 말씀이신 거죠?"

"예, 혜정 씨. 그편이 더 가능성이 높다고 봅니다. 어쩌면 수사관님 말처럼 제가 틀렸을지도 모르구요."

"아니요. 듣고 보니 제 의견보단 검사님 말씀이 일리가 있네요. 근데 그러면 아무도 못 봤을 가능성도 염두에 둬야겠군요."

"예, 그래도 지금으로서는 단서를 찾을 확률이 높으니 포기할 순 없죠."

"어디 보자, 3명 정도 남았네요. 이 중에 있어야 할 텐데……."

**6장**

꼬여만 가는 수사

어느새 마지막 알바생과 길게 통화를 나누던 수사관이 나와 눈이 마주치자 힘없이 수화기를 내려놓으며 고개를 저었다.

그래도 주야간에 주말까지, 그 많은 알바들 중 한 명 정도는 봤을 줄 알았는데. 기대가 너무 컸던 건가.

"검사님, 이젠 어떡하죠?"

"아쉽지만 우선은 경찰 쪽에서 연락이 오는 걸 기다려 봐야 할 것 같네요."

"그냥 이렇게 손 놓은 채로 말입니까?"

"아니요. 다른 의문점을 파고들어 봐야죠."

수사관이 이해가 안 된다는 눈빛으로 물어왔다.

"다른 의문점이라면, 어떤 걸 말씀하시는 겁니까?"

"납치 사건이라면, 보통 돈이 목적이잖아요."

"그렇죠?"

"근데 이번 사건은 범행이 벌어지고 꽤 시간이 흘렀는데도 협박이나 실종 신고가 접수되지 않았어요."

"어쩌면 실종 신고를 하기 전에 범인에게 협박을 받았을 가능성도 있지 않습니까?"

"예, 그렇죠. 하지만 그렇다고 보기엔 이상한 점이 있어요."

"전 뭐가 이상한지 잘 모르겠는데요."

"목격자 말입니다. 그 근처 아파트에 살던 주민인 데다 목격 장소가 얼마 떨어져 있지 않던 아파트 단지 근방이었다면, 대중교통이나 차량을 이용하지 않고 걸어가던 피해자의 목적지도 그곳이거나 그리 멀지 않았을 겁니다."

"그 말씀은, 어쩌면 목격했던 사람들이 공범일지도 모른다는 건가요?"

그럴 리가 있나……

나와 같은 생각을 했는지 미간을 찌푸린 채 머리를 문지르던 수사관은 언제 그랬냐는 듯 웃으며 혜정 씨에게 친절하게 설명을 시작했다.

"아뇨, 그게 아니라, 검사님께선 이미 소문이 퍼졌을 거란 말씀을 하려던 거예요."

"소문이요?"

"예, 혜정 씨. 분명 납치 사건이 발생했다는 소문이 퍼졌을 거고, 피해자가 누군지 모르는 상황이니 가족이 갑자기 들어오지 않았다면 신고를 했을 텐데 그러지 않았다는 게 이상한 거구요."

"응? 그래도 그건 아까 수사관님 본인께서 하셨던 말처럼, 범인이 먼저 경찰에 알리지 말라는 협박을 했다면 별로 이상하진 않은데요?"

"소문이 퍼졌다는 건 수사가 진행되고 있다는 것도 알고 있다는 말인데, 피해자 가족이라면 수사를 돕거나 수사를 중단해 달라는 요청을 해오는 게 맞지 않을까요? 오히려 피해자 가족이 피해자가 그렇게 됐을 거란 의심을 하지 못하는 상황일 가능성이 높아요."

"어쩌면 패닉에 빠져서 아무런 행동도 하지 못한 걸 수도 있지 않나요."

이야기를 꺼낸 당사자는 이쪽인데, 두 아가씬 이젠 내가 섣불리 끼어들기 힘들 정도로 열띤 논쟁을 벌이고 있었다.

"자, 자, 그만 진정들 하세요. 협박을 받아 대처를 하지 못한 걸 수도 있고, 피해자 가족이 피해자가 그런 일을 당했을 거란 의심조차 못한 걸지도 모릅니다. 하지만 지금 중요한 건, 사태 파악이 전혀 안 된 시점이니만큼 모든 가능성을 열어두고 수사를 진행해야 한다는 겁니다."

누가 그걸 모르냐는 표정으로 이쪽을 매섭게 쏘아보는 두 처자의 눈빛에 등 뒤로 금방이라도 식은땀이 흘러내릴 것만 같았다.

"자! 그래서 말인데, 이제 어떻게 하면 될까요……?"

"네?"

"예?"

"제가 조금 예민한 편이라 이렇게 관심이 집중되면 종종 할 말을 잃어버리거든요."

"지금 농담을 할 상황은 아닌 것 같습니다, 검사님."

그래도 눈물겨운 노력이 통하긴 했는지, 싸늘한 말투로 톡 쏘아붙인 수사관과 혜정 씨의 입가에 미소가 번져갔다.

"그럼, 장난은 여기까지 하도록 하죠."

이러나저러나 결국 놈들의 목적은 하나야.

"지금부터 두 분께선 90년대 후반부터 지금까지 벌어졌던 과거 납치 사건들을 조사해 주세요."

"과거 사건을요?"

"예, 수사관님. 혜정 씨는 범인의 협박으로 인해 수사가 지연된 사건을, 수사관님께선 피해자 가족을 노리지 않고 다른 방법을 이용한 사건을 맡아주세요."

머릿속을 스치고 지나가는 최악의 시나리오로 인한 조급함을 떨쳐 버리려 노력하며 할 말을 이었다.

"두 분 모두 최대한 빨리 조사를 끝마쳐 주셨으면 합니다. 아니길 바라지만 정황도 그렇고, 제 예상이 맞다면 어쩌면 저희가 생각하는 단순 납치가 아니라 더 끔찍한 사건일지도 모릅니다."

"끔찍한 사건이라니… 설마? 지금 인신매매를 염두에 두시고 계신 겁니까?"

"맞습니다. 90년대 이후 인신매매 사건이 거의 사라졌지만, 그렇다고 아예 없어진 것은 아니니까요."

\*       \*       \*

30분도 채 안 된 사이, 혜정 씨와 수사관의 책상을 가득 메우고 있는 사건 서류들을 보고 있으니 잘하는 짓인지 의문이 들었다.

"검사님."

"예, 수사관님."

"이것 좀 봐주시겠습니까."

"잠시만요."

수사관에게 다가가자 이마에 흐르는 땀을 닦던 그녀가 배시시 웃으며 물었다.

"근데 무슨 생각을 하셨길래 그렇게 멍하니 계셨습니까?"

미안함이 앞서니, 변명조차 떠오르지 않는다.

"어라~ 수상한데요? 혹시 애인분 생각하신 건 아니시죠?"

"아뇨. 실은 잘하는 짓인지 모르겠어서 그랬습니다."

"예?"

"머릿속으론 이렇게 하면 될 것 같아서 행동으로 옮겼는데, 막상 이걸 보니까⋯ 엄두가 안 나서요."

그렇게 말하며 수사관의 책상을 꽉 채운 서류 더미를 손으로 가리키자, 그녀는 의외로 차분하게 말을 건네왔다.

"에이~ 이건 양반이죠. 책상 밑에까지 관련 판례를 쌓아놓은 적도 있는데요. 검사님도 가만 보면 쓸데없는 걱정을 사서 하시네요."

"제가 좀 그래요. 돈이 워낙 많아서 눈에 보이면 안 사곤 못 배긴다니까요."

2026년엔 빵빵 터지던 개그인데, 어째 분위기가 싸하다.

"크흠, 수사관님, 그래서 제가 봐야 되는 게 뭡니까?"

"하아… 이겁니다."

부들부들 떨리는 손으로 그녀가 내민 종이를 받아 조금 읽어 내려가자, 수사관이 나를 부른 이유를 알 수 있었다.

"대담한 놈들이었네요. 은행으로 당당하게 피해자와 함께 찾아가다니."

"예, 저도 보면서 놀랐습니다. 피해자가 차분하게 대처해서 다행히 범인을 잡을 수 있었던 사건인데, 어떻습니까?"

"충분히 가능하다고 봐요. 이 방법을 응용한다면, 피해자의 가족을 속일 수 있었을지도 모르겠네요."

"제 생각도 그렇습니다. 어떻게 할까요?"

"박 반장님께 연락해 알아봐 주세요. 아! 문자로 연락이 왔을 수도 있으니, 그것도 확인을 좀 해주세요."

"예, 알겠습니다."

기상천외한 놈들일세. 피해자에게 집에 전화를 걸어서 안전을 확보하려고 했다라…….

"여보세요. 예, 안녕하세요, 김 형사님. 오 수사관입니다. 박 반장님과 통화할 수 있을까요? 예, 예. 아, 그렇습니까? 잠시만요. 검사님."

음? 김 형사가 내게 볼일이 있는 건가?

"무슨 일입니까, 수사관님?"

"예, 김 형사님이 편의점 조사 건으로 말씀드릴 게 있다고 하네요."

"그래요? 제가 받겠습니다. 다른 회선으로 연락 좀 부탁드려요."

"예, 알겠습니다."

"전화 바꿨습니다."

─안녕하십니까, 검사님.

"예. 안녕하세요, 김 형사님. 뭔가 발견된 겁니까?"

─예, 제가 아까 그러지 않았습니까? 수상하다고요.

수상하다고 했다고? 특별히 무슨 일이 없었는데?

"제가 잘 기억이 안 나서 그러는데, 어떤 걸 말씀하시는 겁니까?"

─와아… 어째 박 팀장님이랑 똑같네요. 둘이 저 몰래 짠 거 아니시죠?

"차라리 그럴 정신이라도 있었으면 좋겠네요. 안 그래도 지금 궁금해 죽겠는데, 이제 말씀해 주시죠."

─엡! 알겠습니다. 아까 검사님께서 부탁하신 대로 알바생에게 물어봤는데, 그중 한 명이 수상한 차량에 대한 진술을 했습니다.

"정말요? 근데 형사님께서 수상하다고 하셨던 것과 무슨 관련이라도 있던 겁니까?"

─하~ 정말 기억 안 나시나 봅니다. 아까 같이 사건 현

장 둘러봤을 때…….

아! 난 또 뭐라고. 이제야 기억이 난다.


"여기 수상하지 않습니까?"

"수상하긴 뭐가 수상해?"

"잘 보십시오. 여기만 나뭇잎도 적습니다. 제 예상대로라면, 범인들은 이곳에서 잠복했을 게 분명합니다!"

"지랄은 검사님 없을 때 하자. 너 때문에 강력 3팀 이미지가 얼마나 더 나빠져야겠냐?"

"진짜입니다. 제가 감 하나는 죽입니다. 검사님, 여기다 표시라도 해놓을까요?"

"마음대로 하십시오. 돈 드는 것도 아닌데요."


그 일을 생각하며 웃고 있는데, 수화기 너머로 기세등등해하는 김 형사의 목소리가 들려왔다.

—제 말이 맞았습니다. 알바생이 말하는 게 딱 제가 말했던 그 위치였습니다.

"예, 잘했습니다. 이제 기억나네요. 형사님께서 표시해놓는다고 하셨죠?"

—예? 그게 말입니다… 제가 그랬었나요?

쯧쯧, 어쩌다 들어맞았구만.

"제가 착각했나 보네요. 그래서 어떻게, 차 번호나 다른 특정할 수 있는 걸 증언했나요?"

―예, 정말 깜짝 놀랐습니다. 그 정도로 정확히 기억할 줄은 몰랐는데, 제 생각보다 훨씬 더 자세하게 알고 있더군요.

"그래요?"

―엡, 트럭이면 그래도 이해를 하겠는데, 뒷좌석이 하나도 없는 봉고차가 계속 서 있어서 신경이 쓰였다더군요.

뒷좌석이 하나도 없었다?

"혹시 마지막으로 그 차량을 본 건 언제인지 물어보셨습니까?"

―걱정할 걸 하셔야죠~ 제가 누굽니까! 당연히 물어봤죠!

당신이니까, 걱정이 됐던 거라구, 이 양반아…….

"이야~ 역시 김 형사님이시네요."

―안 그래도 제가 검사님께서 궁금해하실 것 같아 딱! 물어보니까, 어제 야간 알바 하러 갈 때도 있었다고 하더군요. 알바 교대 시간이 22시경이라고 했으니 그 차량이 범행에 이용된 게 확실합니다.

잠깐, 분명 범행 예상 시간이 23시 40분에서 50분 사이였어. 그렇다는 건…….

"생각보다 범행이 벌어진 시각이랑 그리 차이가 안 나네요."

―예. 그래서 수상한 자를 본 적이 있냐고 묻긴 했는데, 별다른 특이 사항은 없었습니다.

"그랬습니까……?"

―왜 그러십니까? 따로 뭔가 걸리는 점이라도……?

"조금 걸리는 게 있긴 합니다. 이 정도로 치밀하게 범행을 벌였다면, 범행 전에 주변 상황을 면밀히 조사했을 가능성이 높지 않았을까요? 그렇다는 건, 어쩌면 알바생이 평소에 자주 마주쳤던 자일 수도 있습니다."

그렇게 말했을 때, 수화기 너머에서 '짝!' 하는 소리와 함께 김 형사의 흥분한 목소리가 들려왔다.

―무슨 말씀인지 이해했습니다! 제가 바로 알아보겠습니다, 그럼 수고하십시오.

"김 형사님! 잠시만요!"

―옙?

"차량 조사 건에 대해서 제게 말씀을 아직 안 해주셨습니다."

―아! 죄송합니다. 제가 실수를 할 뻔했네요. 그게 다행히 목격자가 차량 번호를 알고 있어서 수배는 내렸습니다만……

어째 술술 풀린다 했더니, 말끝을 흐리는 걸 보면 뭔가 잘못된 것 같다.

"왜 그러십니까? 무슨 문제라도?"

—대포입니다.

설마 했는데 역시나인가.

"대포라, 그럼 원래 차주와 연락은 됐습니까?"

말이 끝나기도 전에 수화기 너머에서 김 형사의 착잡한 목소리가 들려왔다.

—실종 상태입니다.

기가 찬다. 우연이라고 치부하기엔 너무나도 아다리가 착착 맞았다.

"그렇군요. 그래도 차량 번호라도 알았으니 다행이네요. 고생하셨습니다."

—아닙니다. 뭘요.

"그럼, 계속 수고해 주세요."

—옙. 검사님도 고생하십시오.

수화기를 내려놓자, 그 모습을 본 수사관이 내 곁으로 다가왔다.

"어떻게 됐습니까?"

"다행히 김 형사님께서 차량 번호는 알아냈다고 하네요."

"그렇습니까?"

반색하던 것도 잠시, 곧 그녀의 표정이 어두워져 갔다.

"대포요?"

"예, 들으신 그대로입니다."

"정말 기운이 쭉 빠지네요."

"좋게 생각하죠. 번호라도 알아낸 게 어딘가요. 이렇게 조금씩 풀어가다 보면, 곧 놈들도 잡지 않겠어요?"

"그러네요. 제가 너무 조급했던 것 같습니다."

아니야, 충분히 조급할 만하지. 납치 사건은 언제나 시간이 지날수록 불리해지는 싸움이니까.

"아, 그건 그렇고, 박 반장님께선 뭐라고 하십니까?"

"바로 알아보겠다고 하셨습니다."

"그럼 이제 지금 상황에서 저희가 취할 수 있는 건 거의 다 한 것 같네요. 일단은 기다리는 수밖에 없겠습니다."

"예, 그럼 전 과거 사건들을 좀 더 조사해 보겠습니다."

\*       \*       \*

띠리링! 띠리링!

10분, 20분, 시간이 흐를수록 피가 말라가는 것만 같던 시간이 흐른 뒤 그토록 기다리던 전화벨이 울렸지만 선뜻

손이 나가지 않았다. 그런 내 모습을 잠시 의아해하며 바라보던 수사관이 검지로 수화기를 가리켰다.

"여보세요."

─안녕하십니까, 검사님. 박 반장입니다.

"예. 안녕하세요, 반장님."

─근데 이거, 바쁘셨나 봅니다?

"예?"

─어라, 뭘 그리 놀라십니까? 조금 수상한데요? 전 그저 전화를 늦게 받으셔서 물어본 것뿐인데 말입니다.

"수상하다니요. 반장님께서 제가 놀랄 만한 소식을 전해 줄 것 같아서, 미리 심호흡 좀 하느라 늦었습니다."

─우리 검사님, 은퇴하시면 점집 하나 차리셔도 되겠습니다. 아⋯ 좋은 이야기만은 아니겠네요.

"그 말씀, 단서를 찾았다는 뜻으로 이해해도 되겠습니까?"

─예, 검사님께서 부탁하신 대로 20대 여성이 포함된 아파트 단지 주민들을 전부 조사해 본 결과, 유지나라는 여성이 어젯밤 통화를 끝으로 연락이 되지 않는 걸 확인했습니다.

"확실한 건가요?"

─확실한 것 같습니다. 제가 전화 통화를 시도해 봤는

데, 핸드폰은 꺼져 있었습니다. 그리고 유지나 씨의 어머니께 전해 들은 바로는 어젯밤 친구 집에서 자고 온다고 연락이 왔었다는데, 미심쩍은 점이 많습니다.

"어떤 점이 말씀입니까?"

—평소 외박을 하지 않았던 점도 그렇고, 집에 도착할 시간이 훌쩍 넘은 시각에 갑작스레 연락이 왔다는데 조금 다급하게 말을 했었던 것 같다고 하더군요.

"'했었던 것 같다'라는 말이 조금 걸리네요."

—가족들 입장에선 그럴 수밖에 없었을 겁니다. 제가 물어봤을 때까진 전혀 의심을 하지 못했으니까요.

"예? 인근에서 납치 사건이 벌어졌는데, 전혀 의심을 하지 않았다고요?"

—그게, 유지나 씨로부터 아침에 출근했다는 문자가 왔답니다. 아까 수사관에게 들은 이야기도 있고 해서, 제가 혹시나 싶어 전화를 부탁하지 않았다면 까맣게 몰랐을 겁니다.

"단순히 핸드폰 배터리가 나간 게 아닐까요?"

—저도 그런 생각을 했습니다만, 사무직이라면 배터리가 없어도 사무실에서 충전을 할 수 있는 점이 걸려 회사에도 이미 연락을 해봤습니다.

"그런데 출근을 하지 않았다는 거군요."

—예.

"그럼 이번 사건의 피해자는 유지나라는 그 여성분이 확실한 것 같네요. 지금 수사는 어떻게 진행하고 있습니까?"

—일단은 범인들의 연락이 오길 기다리면서, 수배를 내린 차량의 행적을 파악하는 데 주력하고 있습니다.

"그렇군요. 제가 봐도 지금은 그게 최선인 것 같군요. 혹시나 모르니, 저희 쪽에서 핸드폰 위치를 추적해 보겠습니다."

—옙, 그럼 다른 특이 사항이 생기면 그때 연락드리겠습니다.

협박 전화 한 통 없이 가족을 안심시키기 위해 피해자에게 전화 통화를 시킨 뒤, 다음 날 문자까지 보냈다? 대체 뭘 노리는 거지?


\*　　　　　\*　　　　　\*


"수사관님, 어떻게 됐습니까?"

"마지막으로 핸드폰에서 신호가 잡힌 위치는 경기도 수원 근처입니다."

"마지막으로 잡힌 위치라는 게 무슨 소리입니까?"

"아무래도 아예 위치 추적이 불가능하게 핸드폰에서 배

터리를 분리시킨 것 같습니다."

"그럼 추적이 불가능하다는 말씀입니까?"

"지금으로선 그렇습니다."

씨발, 우린 상상도 못 하는 방법을 어째 매번 이렇게 찾아내는 건지……

"문자까지 보내고 나서 배터리를 분리했다는 건… 그곳에 없을 가능성이 더 높겠군요."

"예, 그렇게까지 한 놈들이 실수를 했다고 보기엔 무리가 있을 것 같습니다. 오히려 수사에 혼선을 주려는 목적일 겁니다."

"그래도 저흰 또 알면서도 속아야 되겠네요."

입술을 한번 깨문 그녀가 씁쓸해하며 내게 말했다.

"지금 바로 박 반장님께 연락드리고, 수원 쪽에 협조를 요청하겠습니다."

"근데 협박을 해야 될 범인들이 오히려 피해자 가족들을 안심시키다니… 아무리 생각해도 이상한데요?"

혜정 씨의 말처럼 이상한 것이 한둘이 아니었다.

"혹시 시간을 끌려고 하는 게 아닐까요?"

시간을?

"수사관님, 시간이요?"

통화를 마치고 돌아온 수사관이 고개를 끄덕이며 혜정

씨에게 대답했다.

"예, 아무리 생각해 봐도 그것 말고는 말이 안 돼요."

"납치를 한 상황에서 시간을 끈다? 범인들 입장에선 전혀 득이 될 게 없는 게 아닌가요?"

"아까 검사님 말씀처럼 인신매매가 목적이라면, 가능성이 아예 없는 건 아니에요."

아니야. 애초에 위치를 노출시킬 위험을 감수하면서까지 도주를 목적으로 시간을 끈다는 건 말이 안 돼. 뭔가 다른 꿍꿍이가 있는 게 분명해.

"으음… 검사님께선 어떻게 생각하시나요?"

기대를 한껏 하고 있는 모양인지, 초롱초롱한 눈망울로 혜정 씨가 이쪽을 바라본다.

"글쎄요, 저도 딱히 뭔가 떠오르는 게 없네요."

머쓱하게 웃으며 머리를 긁적이자, 그녀가 한숨을 내쉬며 중얼거렸다.

"분명 목적이 있을 텐데… 돈?"

"돈이요?"

"예, 검사님. 돈이요! 그거예요!"

갑자기 하이 텐션이 된 그녀는 어리둥절해하는 우리에게 답답하다는 듯, 가슴을 몇 번이나 두드리며 외쳤다.

"돈이요!"

"혜정 씨, 진정하세요. 돈이 어쨌다는 건데요?"

그 모습을 보다 못한 수사관이 그녀를 진정시키며 묻자, 엉뚱하다고밖에 표현이 안 될 이야기를 해왔다.

"그러니까~ 피해자 가족에게 돈을 요구하는 게 아니라, 피해자에게 직접 받아내려는 게 아닐까요?"

"직접이요?"

"카드를 지갑에 안 갖고 다니는 사람은 거의 없잖아요."

"휴… 혜정 씨, 보통 카드에는 일일 한도를 걸어놓잖아요. 그 정도의 돈을 위해서 범행을 벌였다는 건 말이 안 돼요."

"그게 아니라 통장을 잃어버렸다고 둘러댄다면요? 보통 도장이랑 신분증만 있으면 카드로 돈을 찾을 수 있지 않나요?"

"그렇다 쳐도, 신분증은 모르겠지만 도장을 들고 다니는 사람은 보통 없지 않을까요?"

"그런가요? 정 안 되면 지장이라도……?"

처음의 기세는 어디 갔는지, 어느새 우물쭈물하는 그녀를 보니 헛웃음이 나왔다. 하여튼 엉뚱한 아가씨라니까.

"그래도 혹시 모르니, 은행에 연락은 해놓죠."

내 말을 들은 수사관이 황당하다는 듯 동그래진 눈으로 물었다.

"검사님… 진심이십니까?"

"예, 어떻게 보면 완전히 틀린 말은 아닌 것 같아요. 피해자에게 돈을 갈취하고 나서 피해자 가족에게 이중으로 요구할 수도 있다고 봅니다."

"그런 거라면 충분히 가능할 수도 있겠네요."

"어떻게, 지금 바로 연락할까용?"

자신의 의견이 받아들여진 게 기뻤는지, 그녀의 손엔 이미 수화기가 들려 있었다.

"연락하는 건 좋은데, 어느 은행인지는 알고 하시는 거죠?"

"아… 지금 바로 확인해 보겠습니다."

＊　　　　　＊　　　　　＊

좋은 소식이 있다면, 안 좋은 소식도 있기 마련인데… 이건 예상을 너무 벗어난지라 어떻게 대처해야 할지 모르겠다.

"그러니까, 그 차량을 발견했다는 겁니까?"

─예, 방금 수원 중부 경찰서에서 저희 쪽으로 수배 차량을 찾았다는 연락이 왔습니다. 그쪽에서 보내온 사진을 확인해 봤는데, 우리가 찾던 차량이 맞습니다.

"어디서 찾았답니까?"

―검사님께서 협조 요청을 보내신 대로, 피해자 핸드폰의 신호가 끊겼던 장소인 북수동 근처 야산에서 발견됐답니다.

이렇게 쉽게 찾게 될 줄 몰랐다. 대체 어디까지 준비를 해놓은 거지?

"차량엔 아무도 없었겠군요."

―예, 도착 당시엔 이미 비어 있었답니다. 차량에선 피해자가 납치 당시 저항하면서 남긴 흔적 몇 가지를 발견했구요.

"단서가 될 만한 것들은요?"

―죄송합니다. 아쉽게도 발견하지 못했습니다.

"김 형사님께서 죄송해할 일은 아니죠. 놈들이 그만큼 철두철미한 건데요."

전화기 너머로 그의 깊은 한숨이 들려왔다.

―계속해서 이런 보고를 하게 돼서 뭐라 드릴 말씀이 없습니다.

항상 활기 넘치던 그가 이런 말을 해오니 충격이 배로 다가온다. 이젠 피해자가 살아 있을 가능성은 거의 희박한 건가.

"괜찮습니다. 그것보다 아까 알바생에게 물어본다고 하

신 건 어떻게 됐습니까?"

─예? 아… 그건 말을 해봤는데, 딱히 수상한 자는 보지 못했답니다.

"그렇군요. 알겠습니다."

젠장! 다시 원점인가.

"괜찮으십니까?"

그렇게 물어오는 당신 얼굴이 더 괜찮지 않아 보이는데…….

"그럼요. 어디 이런 일이 한두 번인가요? 두 달 동안 단서도 못 잡은 적도 있는데요."

"그럼 다행입니다만, 다음부턴 저를 속이시려면 인상부터 펴시는 게 좋을 것 같습니다."

"많이 티났나요?"

"말씀하시는 동안, 입만 웃고 계셨습니다."

"수사관님 말씀을 들으니, 나름 괜찮았다고 속으로 으쓱했던 게 민망해지네요."

평소라면 웃었을 그녀가 웬일인지, 손가락만 꼼지락거리며 자꾸만 시선을 피했다.

"왜 그러십니까, 수사관님?"

'혹시 내가 무슨 말실수라도 했나?' 하는 고민을 하고 있을 때, 그녀가 천천히 입을 열었다.

"부장검사님께서 사건이 어떻게 진행되고 있는지 보고하시랍니다."

"부장님께서요?"

"예, 방금 전에 검사님께서 통화하고 계실 때, 연락이 왔었습니다."

"알겠습니다. 그럼 일단 다녀와야겠군요."

하… 이 타이밍에 사건 보고라니. 정말 사무실에 카메라라도 달려 있는 건 아닌지 모르겠다.

**7장**

첩첩산중 Ⅰ

"실례하겠습니다."

"그래, 최 검사. 이쪽에 앉게."

"감사합니다."

자리에 앉는 걸 능글맞게 바라보던 부장검사는 내가 앉기 무섭게 눈매를 날카롭게 바꾸며 질문을 해왔다.

"사건은 어떻게 진행되고 있나?"

"예. 지금까지 수사를 해본 결과, 납치를 당한 피해자의 신원은 범행 지역 근처 아파트 주민인 유지나라는 여성인 것으로 파악됐습니다. 그리고 범인들이 이용한 차량을 발견했습니다."

"오? 그럼 이제 어느 정도 윤곽은 잡힌 모양이구만."

그랬다면 당신 얼굴이 이렇게 부담으로 다가오지는 않았을걸.

"왜 그러나? 왜 말이 없어?"

"그게… 차량에서 뚜렷한 단서를 찾지 못했습니다."

"무슨 소리야? 차량을 찾았으면 그 일대를 수색하면 되잖아. 놈들이 차까지 버리고 멀리 갔겠어? 남정네들 여럿이서 여자를 끌고 움직였다면 분명히 목격자도 있을 테고 말이야."

"저희 예상이 맞다면, 범인들이 차량을 버리고 도주한 시각은 금일 오전 08시경입니다. 저희가 차량을 발견한 시간은 오후 2시 50분……."

"이… 이! 그 시간이면 부산까지도 갔겠구만! 대체 자네 뭘 한 거야! 결국 지금까지 피해자 이름 하나 달랑 알아냈단 걸 자랑이라고 보고하고 있어!"

"죄송합니다."

"이봐, 최 검사. 죄송하다고 끝날 일이었으면 이 세상에 검사만큼 편한 직업도 없어. 이거 내가 사람을 잘못 본 모양이구만."

정해진 레퍼토리를 시작하려는 것 같았지만, 이 상황에

선 별 도리가 없었다. 사건을 해결할 뾰족한 수가 없는 지금… 사람 목숨을 가지고 자존심을 세울 배포도, 그럴 이유도 내겐 없었으니까.

"죄송합니다. 뭐라 드릴 말씀이 없습니다."

"후… 다 자네를 위해서 그러는 거니, 너무 서운하게 생각하지 말고 잘 듣게."

고심을 하는 것처럼 잠시 뜸을 들인 그가 천천히 입을 열었다.

"이번 사건은 아무래도 자네가 맡기엔 무리가 있는 것 같네."

그의 말이 끝나길 기다리며 준비했던 대답을 하려는 순간, 예상치 못한 일이 일어났다.

벌컥!

"자네! 이게 무슨 짓인가!"

"죄송합니다. 워낙 급박한 상황이라 본의 아니게 실례를 범했습니다."

오 수사관? 그녀가 여긴 왜?

"급박?"

"예, 부장검사님. 경찰 쪽에서 최 검사의 수사 지휘를 대기 중인 상황이라 어쩔 수 없었습니다."

"수사 지휘라니? 방금 단서도 잡지 못했다고 들었는데

갑자기 무슨 수사를 지휘한다는 말이야?"

"납치범들의 현재 위치가 파악됐습니다. 현재 최 검사의 이전 지시대로 명령 대기 중입니다."

그런 명령은 내린 적이 없는데……?

"아니, 소재가 파악됐으면 당장 잡아야지, 무슨 명령 대기야? 어이, 최 검사."

"예, 부장님."

"지금 뭘 멍하니 있는 거야? 얼른 가봐."

대체 이게 무슨 상황인 거지?

"범인들의 위치를 파악했다고요?"

"예, ○○은행 창구에서 지금 피해자와 함께 있다는 연락을 받았습니다."

"은행 창구요?"

"혜정 씨의 추측이 맞았습니다. 피해자인 유지나 씨를 협박해서 돈을 찾으려 한 모양입니다. 다행히 미리 저희 쪽 연락을 받은 은행 측에서 대처를 잘해주었습니다."

"그랬습니까? 그럼 바로 박 반장님께 연락해서 체포를 진행하라고 해야겠군요."

"지금쯤 체포 작전을 시작했을 겁니다."

"예? 아간 분명 제 명령을 기다린다고 하지 않으셨나요?"

"검사님께서 부장검사님을 어색해하시는 것 같아서 자

리를 피하게 해드렸는데, 마음에 안 드시나 봅니다."

"그럴 리가요. 그럼 현장으로 가보죠."

"근데, 무슨 이야기를 나누셨길래 부장검사님께서 화가 잔뜩 나신 겁니까?"

"글쎄요? 평소 수사관님과 했던 이야기랑 별반 다르지 않았습니다."

자연스레 조수석으로 올라탄 그녀가 이해했다는 고개를 끄덕였다.

"부장님을 혼내시다니, 역시 서울중앙지검 에이스였던 분께선 배포가 남다르시네요."

"전 수사관님을 혼낸 기억이 없는데요?"

"저도 검사님께 혼난 기억은 없습니다."

하? 이 아가씨가 지금…….

"출발 안 하십니까?"


\*          \*          \*


"근데 수사관님, 뭔가 이상하지 않습니까?"

"어떤 점이 말씀이십니까?"

"아니, 그렇게 완벽하게 수사망을 피하던 놈들이 이렇게 어이없는 실수를 한 게 왠지 수상해서요."

"걸리지 않을 거라고 자신했던 게 아닐까요?"

"단순히 자만했다고 보기엔 지금까지의 일련의 과정들과 지금 놈들이 한 행동 사이의 괴리감이 너무 큰 것 같지 않아요?"

"그렇긴 하네요. 잡고 나서 왜 그랬는지 심문을 해보죠."

"예, 저희끼리 고민할 것 없이 그럼 되겠군요."

하긴 그녀 말대로 체포하고 나면 해결될 일을 갖고 미리 골머리를 썩일 필요는 없지.

*　　　　　*　　　　　*

"안녕하십니까, 검사님."

"안녕하세요, 유 형사님. 박 반장님께선 어디 계신가요?"

"예, 지금 강력 3팀과 함께 안으로 위장 진입하고 계십니다."

"그렇군요. 범인들이 누군지 파악됐습니까?"

"지금 3번 창구 쪽에서 피해자의 옆에 서 있는 놈과 바로 뒤쪽에서 은행 홍보 책자를 만지작거리는 두 놈, 그리고 ATM 기기 쪽에서 망을 보고 있는 놈까지 현재로선 총 네 명이 일당인 것으로 보입니다만, 다른 일행이 있을 경우를 대비해 저와 서 형사가 여기서 대기하고 있습니다."

이렇게 평화롭게만 보이는 은행 안이 사실은 범죄가 벌어지고 있는 현장이라니.

　"혹시나 체포 작전이 시작되고 나면 민간인들이 다치지 않게 각별히 신경을 좀 써주세요."

　"예. 그렇지 않아도 놈들의 의심을 피하는 선에서 최대한 3번 창구와 밀접한 지역을 이용하는 인원을 최소화하고 있습니다."

　"역시 검찰청에서 들은 소문대로 강력 3팀답네요."

　"과찬이십니다."

　같은 팀의 누구완 다르게 범인들에게서 시선을 떼지 않은 채 간결하게 답하는 유 형사를 보니 왜 박 형사님이 그를 믿는지 알 것 같았다.

　─치직… 지금 시각 15시 30분, 정확히 5분 후에 작전을 개시한다. 계획대로 1조가 피해자의 안전을 확보하는 즉시 2조와 3조는 정해진 목표를 신속히 체포하도록, 이상.

　"이제 체포를 시작할 것 같습니다. 죄송하지만, 수사관님과 검사님께선 차량에서 대기해 주시는 편이 좋을 것 같습니다."

　"알겠습니다, 그렇게 하죠."

　이제 30초 후면 시작인가. 초조한 건 수사관도 마찬가지인지, 자꾸만 검지로 문 옆 손잡이를 두드려 댔다.

"이거, 어째 지켜보는 제가 더 긴장되네요."

"예? 죄송합니다… 검사님. 뭐라고 하셨나요?"

"아닙니다. 그냥 무사히 체포가 끝났으면 좋겠다고 말했습니다."

"예… 저도 그랬으면 좋겠습니다."

─치직. 명령 하달까지 5, 4, 3, 2, 1. 전 대원, 작전 개시.

박 형사님의 무전이 끝나기가 무섭게 1조인 김 형사가 피해자의 옆에 서 있는 범인을 체포하자, 그제야 일이 틀어진 것을 깨달은 일당은 서둘러 도망을 치려 했고, 미리 대기하던 형사들이 그들의 도주로를 차단했다.

하지만 잡으려는 경찰과 뿌리치려는 범인들의 행동은 점점 격해져 갔고, 결국 은행 안은 순식간에 아비규환의 현장으로 바뀌고 말았다.

그러자 이 갑작스러운 상황에 놀란 중년 여성이 그 자리에 주저앉아 버렸다. 그런 그녀를 대피시키기 위해 청원경찰들이 손을 뻗었지만 당황한 여성은 경찰들에게 거세게 핸드백을 휘둘러대기 시작했다.

\*         \*         \*

"무사히 끝난 거 맞죠?"

"예, 수사관님. 큰 피해 없이 잘 마무리된 것 같습니다."

이 모든 게 불과 수십 초 사이에 일어난 일이라니.

"저는 아직도 무슨 일이 일어났던 건지 어안이 벙벙하네요."

나는 떨리는 손으로 가슴을 쓸어내리며 내 심정을 대변해 주는, 얼이 반쯤 나간 아가씨의 어깨를 툭 치며 말했다.

"가보죠. 우리도 이제 일을 시작해야죠."

그제야 정신을 차린 듯 서둘러 차에서 내리는 그녀와 함께 피해자를 달래고 있는 박 형사님께 향했다.

"고생 많으셨습니다. 이제 다 끝났으니 안심하셔도 됩니다."

박 형사님의 위로에도 한참 말을 잇지 못하고 흐느끼던 지나 씨가 뭔가 할 말이 있는지 입을 열었지만, 무언가에 목구멍이 막힌 것처럼 꺽꺽거리고 있었다.

"괜찮아요. 지나 씨 마음 알고 있습니다. 지금 많이 놀라셔서 그런 거니, 천천히 저를 따라서 심호흡부터 하세요."

박 형사님은 침착하게 답답한 듯 경찰차를 두드리는 그녀를 달랬고, 그렇게 10분쯤 지나자 지나 씨의 안색도 처음보다 많이 좋아 보였다.

"자~ 지나 씨, 흥분하지 마시고, 이제 천천히 말씀해 보세요."

"저, 저 말고… 더 있어요……."

쉿소리가 섞인 그녀의 목소리에 현장에 있던 이들의 동작이 일제히 멈췄다.

더 있다고?

"더 있다니… 설마 납치당한 사람이 더 있다는 말씀이신가요?"

박 형사님의 질문에 지나 씨의 눈가에 맺혀 있던 눈물이 볼을 타고 흘러내렸고, 이내 그녀는 빠르게 고개를 끄덕이며 서럽게 울기 시작했다.

"수사관님."

"예, 검사님."

"아무래도 지금 상황에선 저희보단 수사관님께서 곁에 계시는 게 나을 것 같습니다."

"알겠습니다."

"박 반장님, 저랑 이야기 좀 하시죠."

"예, 검사님. 잠시만 기다려 주십시오. 김 형사랑 유 형사, 너흰 지금 바로 저 새끼들 서로 연행하고, 심문 들어가."

"옙."

"민 형사, 넌 수사관님을 도와서 피해자분 잘 보살펴 드리고, 이쪽으로 가족분들 오시면 바로 안내해 드려."

"예… 팀장님."

"검사님, 가시죠."

공터에 도착하자, 박 형사님께서 몇 개비 남지 않은 듯 구겨질 대로 구겨진 담뱃갑을 품에서 꺼내며 씁쓸한 미소를 지어 보였다.

"내가 이래서 이걸 못 끊는다."

"어느 정돈 이해가 되네요."

"아서라, 담배도 안 피우는 놈이 이해는 무슨."

"담배는 안 피워도 기분 뭐 같은 건 똑같잖아요."

"짜식."

그 말과 함께 담배 한 모금을 깊게 들이마신 형사님께선 귀엽다는 듯 피식 웃은 뒤 허공으로 연기를 내뱉으며 물었다.

"후, 그래, 할 말은 뭐냐?"

"그게, 제 생각엔 사건이 꼬인 것 같아요."

"야, 인마, 당연하잖아. 기껏 납치범 놈들 체포하고 무사히 피해자까지 구출하고 나니 이 모양 이 꼴인데 당연히 꼬였지."

"에이~ 설마 제가 그런 말 하려고 형사님 시간을 뺏었겠어요. 그게 아니라, 제 말은 사건 자체가 틀어진 것 같다고요."

"사건 자체가 틀어진 것 같다? 어떤 점이?"

되묻는 박 형사님의 눈빛이 묘했다.

"피해자가 한 명이 아니라는 점이요. 이건 어떻게 생각해 봐도 범인들이 애초에 계획적으로 뭔가를 노린 것으로밖에 볼 수 없지 않나요?"

"그러니까, 니 말은 은행에 온 건 놈들의 원래 계획이 아니란 말이야?"

"예. 아까 은행 밖에 놓인 놈들의 차량, 저희가 수배를 내린 차량과 다른 것이었어요. 그 말은 저희가 수배 차량을 발견한 지점이나 그 근처에서 옮겨 탔다는 말이 되는데, 지금 정황으로 보면 피해자를 감금 장소로 옮기려고 했다고 보는 게 맞을 것 같아요."

"만약 놈들이 처음부터 그런 방식이었다면?"

납치를 하고 돈을 요구한 뒤 감금 장소로 이동한다? 아니야, 그건 리스크가 너무 커.

"그럼 이렇게 우리한테까지 사건이 넘어오기 전에 꼬리가 잡히지 않았을까요?"

"흠… 그렇긴 하지. 그러면 승민이 넌 지금 상황이 어떻게 된 거라고 생각하는 건데?"

"인신매매나 그와 비슷한 짓거리를 하려던 패거리 중 일부가 명령 체계를 위반했다고 봐야죠."

"처음 겪는 일이라 당황해서 얼어 있을 줄 알았는데, 그 상황에서 추리를 하고 있었구만. 이거 기대 이상인걸."

"예?"

"얼씨구, 놀라야 할 사람은 난데, 왜 니가 놀라? 어쨌든 의견을 조율할 필요가 없어서 좋네."

이거 이제 보니 내가 굼벵이 앞에서 주름을 잡고 있었구만.

"그럼 가보자구, 검사 양반. 인신매매 사건이면 위에다 보고도 해야 할 텐데, 그러고 있어서 되겠어?"

마치 잘했다는 듯 내 어깨를 두드려 준 형사님은 거의 다 타들어간 담배꽁초의 심지를 튕겨내며 빠르게 사건 현장으로 발걸음을 옮겼다.

"에엥? 바빠 죽겠는데 안 오고 거기서 뭐 해."

"갑니다."

"하도 안 와서 질질 짜고 있는 건 아닌가 했더니, 그건 아니라 다행이네."

"저야말로 형사님께서 눈물 훔칠 때까지 기다려 준 건데, 괜한 짓을 했나 봐요?"

"하여간 꼬맹이 시절부터 맹랑했던 건 여전하구만."

"사람이 한결같아야죠. 변하면 쓰나요?"

　　　　　*　　　　　*　　　　　*

　"또 뵙네요, 소미 씨."

　"예… 그러네요. 근데 괜찮으세요?"

　"그럼요, 부장님께선 안에 계시죠?"

　"예, 계시긴 한데……."

　말을 흐리는 걸 보면, 부장의 기분이 영 아닌가 보다.

　"괜찮으니까, 제가 뵈러 왔다고 전해주세요."

　"잠시만요."

　부장님과 사무적인 통화를 마친 그녀가 안으로 들어가

보라는 손짓을 해왔다.

　"고생하세요……."

　"소미 씨도 수고하세요."

　똑똑.

　"부장님, 들어가도 되겠습니까?"

　"들어와."

　"예, 그럼 실례하겠습니다."

　"갔던 일은 어떻게 됐어?"

　"납치범 일당도 체포했고, 피해자도 무사히 구출했습니

다만."

"그래? 잘됐구만. 이제 자네가 마무리만 잘하면 되겠어. 그리고 아깐 다 걱정돼서 한 말이니까 너무 신경 쓰지 말고."

미치겠구만…….

"부장님, 말씀 중에 죄송합니다만, 아직 수사 진행 중입니다."

"음? 무슨 말이야? 수사가 진행 중이라니?"

"피해자가 더 있습니다."

"뭐? 그걸 왜 이제 보고하는 거야! 자네, 피해자가 더 있단 말 확실한 거야? 최 검사! 지금 내가 묻고 있잖아! 확실하냐고!"

"예, 부장님. 확실합니다. 지금으로선 인신매매일 가능성도 배제할 수 없습니다."

"규모는?"

"지금 강력 3팀 박 반장이 파악 중에 있습니다."

"모른단 말을 뭘 그리 돌려 말해! 자네 섣불리 움직이지 말고 내가 지시할 때까지 일단 사무실에서 대기하고 있어."

"알겠습니다."

젠장, 한시라도 빨리 움직여야 되는 마당에 대기 명령이라니. 대체 부장은 무슨 생각을 하고 있는 거야?

어째 눈앞에 보이는 사무실이 감옥같이 느껴졌다.

*       *       *

"어라, 생각보다 빨리 오셨네요~!"

"예, 혜정 씨. 어쩌다 보니 그렇게 됐습니다. 수사관님은 아직 안 오셨나요?"

"예, 수사관님은 아직 도착 안 하셨습니다. 근데… 잘 안 되셨나요?"

문을 열자마자 칭찬을 기다리는 강아지처럼 쪼르르 달려오던 그녀가 어느새 발걸음을 멈추고는 불안한 눈빛으로 이쪽을 바라봤다.

"아니요. 혜정 씨 덕분에 범인들은 무사히 체포했습니다."

"다행이네요! 전 또 놓쳤으면 어떡하나 했는데~ 그럼 이제 다 해결된 건가요?"

"그랬으면 좋겠는데… 저희 생각보다 더 상황이 복잡해져 버렸습니다."

"예? 또 무슨 문제라도?"

"자세한 건 수사관님이 도착하면 그때 말씀드릴게요."

"예……."

하아… 일단 수사관에게 연락을 하는 게 먼저인가.

―여보세요.

"여보세요. 수사관님, 접니다."

―예, 검사님. 부장님께 보고는 잘하셨습니까?

부장님께서 북 치고 장구 치시는 바람에…….

"보고는 했는데 잘했다고는 말 못 하겠네요."

―역시나…….

"예?"

―아무 말도 안 했습니다.

"그럼 제가 잘못 들은 모양이네요."

―그러신 모양입니다.

그러신 모양은 무슨…….

"어떻게, 피해자분은 진정이 좀 됐습니까?"

―예. 다행히 가족분들이 오셔서 잘 달래주셨습니다.

"다행이네요. 그럼 이제 수사관님께선 바로 복귀해 주세요."

―예? 복귀하라구요? 이쪽으로 오시고 계신 게 아니신가요?

"상황이 달라졌습니다. 자세한 건 사무실에서 말씀드리겠습니다."

―예… 알겠습니다. 바로 출발하겠습니다.

띠리리, 띠리리.

끊자마자 누구야? 박 형사님? 벌써 단서라도 잡으신 건가.

"여보세요."

—아니, 검사님. 뭔 통화를 그리 길게 하십니까?

"아이고, 박 반장님. 그럴 일이 좀 있었습니다."

—그러십니까. 근데 부장검사님껜 대체 무슨 말씀을 하신 겁니까? 어느 정도 예상은 했지만, 이건 너무 예상 밖의 사태라서요.

"예? 그게 무슨 말씀이세요?"

—다름이 아니라, 경찰서장님께서 직접 내려와 저한테 지금 당장 전담반을 꾸리라는 지시를 하셨습니다.

"전담반이요?"

—인마, 보게… 설마 너 사건에서 나가리 된 거야?

"아직 모르겠어요."

—모른다니? 담당 검사인 니가 모르면 누가 알아?

"사건 보고하고 나서 부장님께 대기하라는 말만 들었어요."

—씨발, 이 상황에서 대기는 무슨. 하… 알았다. 혹시라도 뭔 일 있으면 바로 연락해.

"예, 알겠습니다. 그럼 수고하세요."

갑자기 전담반이라니… 이건 또 무슨 상황이야?

"저… 검사님."

하, 깜짝이야. 이 아가씬 대체 언제 온 거야?

"예, 혜정 씨. 왜 그러신가요?"

그녀의 대답을 기다리는데, 엉뚱한 곳에서 익숙한 중년 남성의 목소리가 들려왔다.

"이 사람 보게. 누구랑 통화를 하길래 사람이 온 것도 몰라."

"죄송합니다! 안녕하십니까, 부부장검사님."

이 사람이 왔다는 건, 사건을 넘기라는 건가.

"뭘 그리 호들갑인가. 일단 앉지."

"예, 이쪽으로 앉으시죠."

"됐네, 됐어. 여기 앉으면 돼. 이쪽으로 오기나 해."

부부장검사의 말대로 중앙 테이블에 마주 앉자 그가 천천히 입을 열었다.

"대충 내가 왜 왔는지 알고 있을 거라 생각하네."

"예, 이번 사건을 인계하시려고……."

"그게 무슨 말도 안 되는 소리야. 자네만큼 이번 사건을 잘 아는 사람이 어디 있다고 지금 와서 사건을 인계해?"

"그럼?"

"경찰 쪽에 연락해서 전담반을 구성했으니까, 나도 합류

해서 자넬 도우라는 부장님의 지시야. 뭐 그렇게 됐으니, 잘해보자고."

"저야말로 잘 부탁드립니다."

"인사치레는 됐고, 시간이 촉박하니 사건이 어떻게 된 건지 간략하게 보고해 보게."

"예, 이번 납치 사건이 일어난 건 어젯밤……."

보고를 끝마치자 부부장검사가 사건이 만만치 않다는 듯 미간을 잔뜩 찌푸리며 한숨을 내쉬었다.

"하아… 이것 참, 복잡하구만. 어쨌든 놈들 중 일부가 독단적인 행동을 한 것 같다는 생각엔 나도 동의하네. 자네 말대로 일단 놈들을 심문해 보는 게 먼저겠어."

"감사합니다."

"일단 자넨 바로 서로 출발해서 전담반을 지휘하고 있게."

"알겠습니다."

**8장**

첩첩산중 II

남의 속도 모르고 참 빨리도 오시네요.

"어라? 검사님, 사무실에 안 계시고 여기서 뭐 하십니까? 혹시 저를 기다려 주신 겁니까?"

"한시가 급하니 일단 제 차에 타시죠."

"예? 방금 도착했는데, 어딜 가시자는 건지⋯⋯?"

"지금 당장 서로 가봐야 할 것 같습니다."

"이럴 거면⋯ 처음부터 경찰서에서 만나기로 했으면 되지 않았을까요?"

"수사관님 기분은 압니다만, 혜정 씨와 함께 사무실에서 부부장검사님과 면담하실 생각 없으시면 일단 타시죠."

"아무래도 차에 타는 게 낫겠네요."

"저도 그러실 거라 생각했습니다."

차에 타자마자 안전벨트를 매던 그녀가 더 이상은 못 참겠는지 매려던 것을 내려놓은 채 질문을 해왔다.

"대체 무슨 일입니까?"

"그러다 다치지 말고 안전벨트부터 하세요."

"휴… 됐죠?"

"간단하게 말씀드릴게요. 부부장검사님이 이제부터 이번 사건을 지휘하실 겁니다."

"아니, 앞뒤 없이 그렇게만 말씀하시면……."

"지금은 그만큼 상황이 긴박하다고만 알고 계시면 됩니다. 자세한 건, 서에 도착해서 말씀드릴게요."

"이따 딴말하기 없기예요?"

"수사관님께서 듣기 싫다고 하셔도 말씀드릴 거니 걱정 마세요."

\*　　　　　\*　　　　　\*

"그러니까 검사님 말씀은 유지나 씨가 오히려 예외였고, 처음부터 놈들의 목적은 인신매매일 가능성이 높다는 건가요?"

"예, 정황상 그쪽이 좀 더 타당성이 있다고 생각합니다."

"그렇다면 지금으로선 남은 일당들이 알아채기 전에, 한 시라도 빨리 감금 장소를 찾는 게 관건이겠네요."

"그렇죠. 강력 3팀이 놈들에게서 뭐라도 알아냈길 바라죠."

하지만 그런 바람과는 달리 서에 도착한 우리에게 들려오는 건 박 형사님의 짜증 섞인 목소리였다.

"이게 말이 돼? 원시시대에서 온 것도 아니고, 어떻게 핸드폰을 한 놈도 안 가지고 있어? 유 형사, 확실히 전부 뒤진 것 맞아?"

"예, 팀장님. 차량 보닛까지 열어서 확인해 봤는데 깨끗합니다."

"이 새끼들이 빠져 가지고… 심문도 개떡같이 해놓은 주제에 지금 그걸 보고라고 하고 있어? 내가 도착할 때까지 대체 뭘 한 거야!"

"죄송합니다."

"박 반장님, 진정하시죠."

"오셨습니까, 검사님."

"예. 그런데 무슨 일이시길래 점잖으신 분이 그렇게 불같이 화를 내십니까?"

"그게 총체적 난국입니다. 범인들은 유지나 씨 말고는 납치한 적이 없다고 잡아떼고 있는 데다 놈들의 몸에선 현금 이외엔 발견된 게 없습니다."

박 형사님의 말에 수사관이 이해가 안 되다는 듯 고개를 갸웃거렸다.

"수사관님, 왜 그러십니까?"

"조금 이상해서요. 지나 씨는 분명히 아까 저한테 범인들이 통화하는 걸 들었다고 했거든요."

"수사관님, 확실한 겁니까?"

"예, 반장님. 눈이 가려진 상태라 피해자가 더 있다는 사실도 범인들의 통화 내용을 듣고 나서야 알게 됐다고 했는 걸요."

"하… 유 형사."

"예, 팀장님."

"지금 당장 민 형사한테 뛰어 오라고 해."

"예. 알겠습니다."

짜증이 섞인 박 형사님의 외침에 대답을 마친 유 형사가 서둘러 자리를 떠나고, 얼마 지나지 않아 멀리서 뛰어오는 민 형사의 모습이 보였다.

"부르셨습니까?"

유 형사에게 사정을 들었는지, 조심스레 말을 마친 그녀는 불안한 눈빛으로 박 형사님과 나를 번갈아 바라보고 있었다.

"그래, 불렀다 이 녀석아. 너 내가 아까 피해자에 대해서 물었을 때 뭐라고 했어? 분명히 별다른 특이 사항 없다고 했어, 안 했어?"

"했습니다."

"근데 유지나 씨가 피해자가 더 있다는 사실을 범인들이 통화한 내용으로 알게 됐다는 걸 왜 우린 모르고 있냔 말이야?"

"그게… 그건, 피해자가 더 있단 사실은 이미 반장님께서 알고 계셨고, 또 유지나 씨께 진술을 다시 받을……."

쾅!

민 형사의 변명이 채 끝나기도 전에 박 형사님의 큼지막한 주먹이 벽과 부딪히며 굉음을 만들어냈다.

"야! 인마! 그걸 왜! 니 멋대로 판단을 해! 니가 지금 뭔 짓을 한 줄 알아? 범인들이 통화를 했다는 것만 말했어도! 니 선배들이 저 개새끼들이랑 씨름을 하고 있는 게 아니라, 지금쯤 피해자들을 구출했을 거다! 이 망할 자식아!"

"죄송합니다……."

"그깟 죄송하단 말을 들으려고 여기 부른 줄 알아! 사과할 시간에 아까 사건 현장에서 유지나 씨께 들었던 이야기나 토씨 하나 빠트리지 말고 작성해서 가지고 와. 알겠어?"

계속된 형사님의 호통에 풀이 잔뜩 죽은 민 형사가 심문실 복도에서 멀어져 갈 때 즈음, 형사님께서 민망한 듯 얼굴을 붉적이며 사과를 해왔다.

"죄송합니다. 이거… 두 분께 오늘 제가 못 보일 꼴을 보여 드렸네요."

"아닙니다. 놈들이 연락 수단을 가지고 있었다는 게 확실해졌으면 된 거죠."

"검사님께서 그렇게 이해해 주시니 감사할 따름입니다."

말과 달리 연신 한숨을 내쉬는 형사님을 보니 아무래도 화제를 전환하는 게 나을 듯싶다.

"뭘요. 괜찮습니다. 근데 대체 놈들은 어디에 숨겨놓은 걸까요?"

"글쎄요… 제 생각엔 지금으로선 연락을 하는 장소가 따로 있고, 그 근처에 은닉을 해놨을 가능성이 높다고 봅니다."

"범인들이 소지를 하지 않았고 차량에서도 발견이 되지 않았으니, 그게 가장 현실성이 있어 보이네요. 통화 기록 관련해서 영장 발부를 하려고 해도 뭔가 물증이 있어야 하니, 그럼 일단 은닉처를 찾는 게 급선무인 것 같군요."

"예. 자, 그럼 여기서 이러지 말고, 장소를 옮겨서 본격적으로 수사를 해보죠."

여긴?

자리를 옮기자는 형사님을 따라 도착한 곳은 평소의 강력계 사무실이 아닌, 문패에 가양동 사건 전담반이란 종이가 붙은 장소였다.

"검사님, 들어가시죠."

가양동 사건 전담반이라. 전담반이 꾸려졌다더니, 꽤나 대대적인데?

그런 감상을 하며 형사님과 함께 안으로 들어가자, 중앙 테이블을 중심으로 둘러앉아 있던 형사들의 시선이 내게 모여들었다.

"주목. 다들 알고 있겠지만, 내 옆에 계신 분이 이번 합동 수사를 지휘하기 위해 오신 최승민 검사님이시다."

형사님의 눈빛을 보니 이제 내 차례란 건가…….

눈 한 번 깜빡이지 않고 이쪽을 바라보는 형사들을 보고 있으니, 밀려오는 부담감에 당장이라도 망할 놈의 부부장검사를 찾아가 멱살을 잡고 싶어졌다.

됐어. 집중해. 내 한마디에 수사의 명운이 걸렸어.

"안녕하십니까. 전담반이라고는 해도 다들 구면이네요. 사실 원래는 부부장검사님께서 직접 지휘를 하셔야 하는데, 사정상 제가 임시로 지휘를 맡게 됐습니다. 그럼 잠시

나마 잘 부탁드립니다."

사건의 무게감? 아니면 못 미더운 신입 검사의 지휘 때문일지도 모르겠지만 민망스럽게 쏟아지던 박수갈채도 잠시, 사무실엔 다시 침묵이 내려앉았다.

"자. 이렇게 수사본부까지 갖춰진 사건입니다. 그만큼 수사가 쉽지 않다는 거 말하지 않아도 여기 계신 분들 모두 잘 아실 테니, 수사를 함께 진행한 강력 3팀을 제외한 다른 형사 분들도 이미 사건의 내용을 숙지하고 있다는 가정 하에 본론부터 말씀드리겠습니다. 현재 체포한 범인들 이외에 일당이 있고, 그들이 다른 피해자를 납치, 감금한 상태입니다. 저희의 목표는 남은 일당의 위치를 파악해 놈들을 체포하고, 피해자를 무사히 구출하는 겁니다. 문제는 체포한 범인 일당이 이번 납치 사건을 제외한 추가 범행을 부인하고 있다는 점입니다. 그로 인해 저희 쪽에선 가장 중요한 놈들의 본거지를 찾는 데 난항을 겪고 있습니다만, 다행스럽게도 구출된 피해자의 증언에 따르면 놈들에게 연락 수단이 있었다고 합니다. 근데 놈들의 소지품에선 아무것도 나오지 않았습니다. 따라서 저희는 그 연락 수단을 찾는 것부터 이번 수사를 진행할 겁니다. 혹시 다른 의견이나 질문 있으신 분 있으십니까?"

질문이 있냐는 말이 끝나기가 무섭게 테이블 좌측 끝에

앉아 있던 건장한 남성이 손을 들었다.

"예, 지금 손 드신 분?"

"저… 강력 2팀에서 근무하는 유성준 경사라고 합니다. 다른 의견은 아니고, 수사에 도움이 될 것 같아서 그러는 데……."

주위를 둘러보니 덩치는 산만 한 사내가 쑥스러운 듯 머리를 긁적이는 모습이 우스운 게 나만은 아닌 모양이다.

"유 형사님. 괜찮으니 편하게 말씀해 보세요."

"엡! 그러니까 제 생각엔 놈들의 차량이 발견됐던 장소 근처를 수색해 보는 게 좋을 것 같습니다."

놈들의 차량? 잠깐만……

"그러니까 유 형사님 말씀은 놈들이 이번 피해자를 납치했을 때 사용했던 그 차량을 말씀하시는 거죠?"

"예, 맞습니다."

가능성 있어. 생각해 보면 굳이 거기에 차량을 대기시켜 놓을 필요가 없잖아.

"그저 제 생각일 뿐이니……."

잠시 생각을 했던 게 그에겐 부정적인 의미로 보였던 걸까. 그새 유 형사가 말을 얼버무리려고 했다.

"아니요, 유 형사님. 좋은 의견 감사합니다."

"그럼……?"

"유 형사님 말씀에 일리가 있습니다. 수사관님은 지금 바로 수원 쪽에 협조 공문을 보내주세요."

"예. 알겠습니다."

"반장님. 인원은 많을수록 좋으니, 저희 쪽에서도 범인의 심문을 담당할 인력 이외에 다른 인원들은 바로 차량 발견 지역으로 이동시켜 주세요."

"그렇게 하겠습니다."

*　　　　　*　　　　　*

전담반을 구성한 성과일까? 강력 2팀 유 형사의 예상치 못한 의견 덕에 수색 작업은 성공적으로 마칠 수 있었다.

수색 작업을 시작한 지 1시간도 안 돼서 물건을 찾아낸 건 좋았는데, 대포폰과 함께 발견된 것이 베테랑인 박 형사님까지도 저리 곤혹스러워할 정도로 전혀 뜻밖의 물건이란 말이지.

"어떻게 찾나 싶었는데, 의외로 금방 풀렸네요."

"그러게 말입니다."

"무전기라. 전 듣도 보도 못한 건데, 반장님께선 혹시 사건 담당하면서 보신 적 있으세요?"

"좀도둑들이 팀을 이뤄서 집을 털 때 사용한다고 전에

듣기는 했었는데 이렇게 직접 본 건 저도 처음입니다."

"폰까지 있는 놈들이 이건 왜 썼을까요?"

수색 지역 근방 풀숲에 교묘히 숨겨져 있었다던 무전기를 바라보던 수사관의 황당한 듯한 물음에 형사님께서 웃으며 답했다.

"저도 지금 그게 의문입니다. 이런 무전기 가지고선 송수신 범위가 기껏해야 이, 삼 킬로미터?"

"흠. 그럼 범위로 따지면, 거의 이번에 수색했던 야산 근방에서나 겨우 연락이 되는 건가요?"

"예, 그것도 서로 어느 정도 가까이 있을 때나 가능할 겁니다."

"검사님. 뭘 그리 골똘히 생각하십니까?"

"수사관님은 지금 이 상황이 이상하지 않으세요?"

"어차피 통신사에 의뢰한 통화 내역만 오면 상황 종료인데, 너무 과민 반응 하시는 것 같습니다. 그저 들키지 않으려고 산에 올라왔을 때만 쓴 거 아닐까요?"

"굳이 핸드폰까지 있는데 왜 산에 올라왔을 때만 번거롭게 무전기를 사용했을까요? 잠깐, 그전에 그렇게 짧은 거리라면 놈들은 대체 누구랑 연락을 주고받은 거죠?"

"어쩌면 한쪽이 경찰에 잡혔을 때 핸드폰으로 연락을 하면 잡혔다는 신호를 한다든가, 그런 게 아닐까요?"

목소리가 들려온 방향을 보자, 김 형사가 날카로운 답변이 아니었냐는 듯 콧잔등을 문지르며 자신의 추론을 마저 이야기했다.

"그래서 핸드폰 내역이 깔끔했던 거죠. 어떻습니까, 제 추리?"

"제 추리는 무슨. 수사하는 데 방해하지 말고 그럴 거면 출근한 걸로 쳐줄 테니까 그냥 집에 가서 씻고 잠이나 자. 이 자식아."

"아니, 맨날 팀장님은 저한테만 그러십니까? 제 말이 맞으면 어떡하실 겁니까?"

"그게 맞으면 안 되지. 자식아."

"왜 안 됩니까?"

"그러면 핸드폰에 통화 내역이 없을 텐데. 범인은 어떻게 찾을래?"

"어라? 그렇게 되나요?"

"하아… 하여튼 이 꼴통. 그 머리는 대체 왜 달고 사니?"

"그럼! 그렇게 잘 아시는 팀장님께서 한번 말씀해 보시죠!"

"그래서 생각 중이잖냐. 그 이유를 찾으려고."

"어이구, 평생 생각하시겠네요."

통화 내역이 전부 지워진 대포폰과 그 근처에서 발견된

무전기. 평소라면 웃었을 둘의 대화를 신경 쓰지 못할 만큼 수상하기 짝이 없는 조합이었지만, 지금은 다른 곳에 집중을 해야 할 것 같았다. 예를 들면 허겁지겁 문을 열고 들어온 민 형사의 손에 들린 종이라든가.

"검사님! 통신사에 의뢰했던 범인들의 통화 내역이 도착했습니다!"

"감사합니다. 민 형사님."

서둘러 내역을 살펴보자 달라진 것은 날짜뿐이었고 나머지는 전부 복사한 듯 동일한 번호와 시간대였다. 어쨌든 양쪽 모두 통화 위치가 일정한 걸 보면, 확실하네. 역시 아까 그건 단순한 기우였나.

"음? 민 형사님. 이게 전부 맞습니까?"

"예, 저도 받고 나서 이상해 통신사에 연락을 해봤는데 확실하답니다."

"그렇습니까? 수고하셨습니다."

"이거 웃으시는 걸 보니, 결과가 좋은가 봅니다."

"직접 보시면 제가 왜 웃는지 아실 겁니다."

언제 온 건지 옆에 서 있는 박 형사님께 종이를 넘기자, 만면에 미소를 띤 그가 내가 말했다.

"명령만 내려주시죠. 군천항이 어딘지 모르겠지만, 바람같이 달려가서 샅샅이 뒤지겠습니다."

"다 끝난 싸움인데 기다릴 것 있나요. 바로 체포하시죠."

"이번엔 같이 안 가십니까?"

"죄송하지만 조금만 쉬겠습니다."

"옙! 그럼 금방 다녀오겠습니다."

**9장**

실마리

"편해 보이십니다."

"그래 보이나요?"

"예. 괴롭히고 싶어질 만큼요."

"어허! 그거 상사한테 할 말은 아니지 않습니까."

"이렇게 커피까지 대령했는데도요?"

"그럼 또 이야기가 달라지죠."

테이블에서 얼굴을 떼고 수사관이 가져다준 커피를 받자 그녀가 피식 웃음을 터뜨렸다.

"왜 그러십니까?"

"얼굴에 자국이 그대로 있으셔서요."

"이거 제가 민망한 꼴을 보였네요. 아무튼 커피 잘 마시겠습니다."

"뭘요. 근데 출동한 곳이 군천항이라고 했던가요?"

"에, 알아보니까 서해 쪽에 위치한 항구더라구요. 그리 멀지 않으니까, 곧 소식이 있을 겁니다."

"으응. 그렇군요."

뭐를 그렇게 유심히 보기에 상사가 묻는데도 이렇게 건성으로 대답을 하는 건지…….

"근데 뭘 그렇게 보고 계십니까?"

"통화 내역이요."

"별거 없죠."

"누가 보면, 결벽증이라도 있는 줄 알겠어요. 새벽 4시하고 밤 10시에 정확히 그 야산에서 전화를 받았네요."

"아마 그곳이 녀석들 집결지였나 봅니다."

"그런가 보네요. 응? 검사님. 이거 제대로 확인하신 거죠?"

"예. 왜 무슨 문제라도 있으십니까?"

"아뇨. 별건 아니고 저희가 현장에서 발견한 폰 번호로는 수신 통화만 있고 발신 통화는 없어서요. 혹시 통신사쪽에서 발신 통화는 누락한 거 아닌가요?"

"예, 저도 아까 그게 이상해서 민 형사님께 물어봤었는데 그게 전부랍니다. 아마도 명령 하달만 받았던 모양입니다."

"하긴, 그러니 욕심에 눈이 멀어서 이렇게 명령 체계도 무시했겠군요."

"언제나 과욕이 사람을 망치는 법이죠."

"근데 대체 무슨 일을 벌이려던 걸까요? 위치가 항구인 걸 보면 이미 단순한 납치 사건으로 보기엔 무리가 있는데요."

짐작 가는 것이 있었지만, 쉽사리 입으로 내뱉기가 꺼려진다.

"글쎄요… 정확한 건 놈들을 체포해 봐야 확실히 알 수 있겠죠."

"다른 곳도 아니고 한국에서 이런 짓을 벌일 생각을 한 걸 보면, 정말 대담한 놈들이네요."

그녀의 말에 동의를 하려는 찰나, 바지춤에서 진동이 느껴졌다.

지이잉— 지이잉—

"박 형사님인가요?"

"예, 벌써 놈들을 체포한 모양이네요. 여보세요."

—검사님. 접니다.

낮게 깔린 형사님의 목소리를 듣는 순간, 뭔가 잘못됐다는 걸 알 수 있었다.

"예. 반장님. 어떻게 됐습니까?"

—죄송합니다. 아무것도 찾지 못했습니다. 아니, 찾을 수가 없었습니다.

"그게 무슨?"

—통신사에서 알려준 위치가 애시당초 찾을 수 없는 위치였습니다.

"박 반장님. 제가 지금 도무지 반장님께서 무슨 말씀을 하시는지 모르겠습니다. 찾을 수 없는 위치라니요?"

—그러니까… 통신사에서 알려준 위치대로 가봤는데, 항구 일대의 바다 한가운데입니다.

바다 한가운데라고?

"그럼……."

—예, 배에서 연락을 했다고밖에 볼 수 없습니다.

"항구는 조사하지 않으신 겁니까?"

—아니요. 이미 수색은 마쳤습니다.

"알겠습니다. 자세한 건, 서에서 이야기하죠."

씨발… 집어 던져 버리고 싶은 충동을 참으며 떨리는 손으로 테이블 위에 핸드폰을 내려놓자, 수사관이 조심스레 내게 물었다.

"괜찮으십니까?"

"그렇다고 말씀드리고 싶은데… 그럴 수가 없네요."

"설마, 놓친 겁니까?"

"예. 아니, 애초에 그곳엔 아무것도 없었답니다."

"어떻게 그럴 수가 있죠? 분명히 위치상 그곳이 확실했는데요!"

"박 형사님 말씀으론 항구가 아니라 아마도 배에서 통화를 했던 것 같답니다."

"배 위에서요?"

"예. 그리고 박 형사님의 말씀이 맞다면, 놈들이 통화를 했던 건 유통책일 가능성이 높겠죠."

"검사님! 그럼 이미 저들이 인신매매를 하고 있었다는 말씀이신 겁니까?"

"그것 말고는 말이 안 돼요. 저희가 처음 생각한 최악의 상황이 실제로 벌어진 것 같습니다. 어쩌면 유지나 씨가 말한 피해자는 이미 이곳에 없을 수도 있습니다."

"그럴 수가… 그럼 이제 어떡하죠?"

그건 내가 묻고 싶은 말이었다. 대체 이젠 어떻게 해야 되지? 바다 위라니, 처음부터 은신처는 없었던 건가.

"놈들을 심문하는 것 말고는 지금 당장 답이 없을 것 같습니다."

"놈들이 순순히 입을 열까요?"

수사관의 회의적인 눈빛만으로도 결과가 어떨지는 뻔한 일이었다.

"전과까지 있는 놈들이고, 경합범으로 가느니 단순히 이번 사건만 물리는 게 이득이란 걸 잘 알 테니 쉽지 않겠지만, 그래도 해봐야죠."

"하아… 평범하게 사는 일반인보다 정작 저런 쓰레기 같은 놈들이 법에 더 밝다는 게 참 아이러니하네요."

"그러게나 말입니다."

"혹시……."

"왜 그러십니까? 무슨 좋은 수라도 떠올랐습니까?"

갑자기 테이블 한쪽을 지그시 바라보는 수사관의 행동에 실낱같은 희망을 걸어보았지만, 수사관이 가리킨 건 우습게도 그녀 스스로 별것 아닐 거라 여기던 무전기였다.

"무전기 말입니까?"

"아닙니다. 제가 마음이 너무 급했나 보네요."

"왜요. 뭐라도 건질지 혹시 알아요. 지푸라기라도 잡아야 하는 게 지금 저희 입장인데 형사님들이 도착할 때까지만이라도 한번 고민해 보죠."

기세 좋게 시작한 것과 달리 성과는 없는데 벌써 밖이

소란스러워진 걸 보면, 나와 수사관이 애꿎은 무전기를 가지고 골머리를 썩는 동안에도 시간은 전혀 기다려 주지 않은 모양이다.

"아무리 고민해 봐도 놈들이 왜 이걸 가지고 있었는지 답이 안 나오네요. 이거 박 반장님이랑 김 형사님 목소리가 여기까지 쩌렁쩌렁 울리는 걸 보니 다들 도착한 것 같은데, 일단 항구에서 있었던 일부터 보고받고 나서 다 같이 이놈에 대해서 고민을 하든지, 아니면 다른 수를 찾든가 하죠."

암만 봐도 지금으로선 이 애물단지를 가지고 십여 명이서 고민을 하느니 다른 수를 찾는 게 빠를 것 같았지만.

"예. 그러는 게 나을 것 같네요. 근데, 왠지 분위기가 두 분이서 싸우고 계신 것 같지 않나요?"

"에이, 설마요. 김 형사님하고 박 반장님께서 그럴 리가 있겠어요."

수사관의 말에도 서로 장난으로 티격태격하긴 하지만 언제나 선을 지키던 김 형사였기에 설마 했는데, 이거 설마가 사람을 잡을 기세다.

"지금이라도 해경에 연락을 하자니까요!"

"너만큼 나도 그 개새끼들 잡고 싶어! 알았으니까 진정하라고, 인마! 그러다 일이 잘못되면 잡을 것도 못 잡는다고 몇 번을 말해!"

"그러다 놓치면요! 팀장님, 팀장님도 듣지 않았습니까! 유지나 씨가 범인들끼리 통화할 때 피해자 목소리를 들었다고! 그럼 그 배에 피해자가 있는 거 아닙니까!"

이거 아무래도 안 되겠구만.

"나가서 말려야겠습니다. 저러다 큰일 나겠어요."

"예, 제 생각도 같습니다."

철컥.

둘을 말리기 위해 문을 연 순간, 박 형사님의 싸늘한 목소리가 귓가를 울렸다.

"김상현. 정신 안 차릴래. 내가 굳이 말 안 해도 이미 알고 있잖아. 니 말대로면, 지금 연락해도 잡지 못한다는 거. 내 말 틀려?"

"그래… 도, 가능성이 아예 없는 건 아니잖습니까……."

"두 번 말 안 해. 어리광 부리지 말고 똑똑히 들어. 니가 해야 할 일은 질질 짜는 게 아니라, 저 망할 개새끼들에게 협박을 하든, 뭔 지랄을 떨어서라도 어떻게든 놈들이 공범들을 다시 불러들이게 만들어서 잡혀간 피해자를 구출하는 거야. 알아들었어?"

"알… 겠습니다."

"민경애."

"예, 팀장님."

"오늘 한 실수 만회할 준비해 둬."

"예? 그게 무슨?"

"니가 유지나 씨 대역으로 놈들을 유인할 미끼가 될 거다. 못할 것 같으면 지금 말해."

"아닙니다. 할 수 있습니다!"

"좋네. 그럼 검사님껜 내가 말씀드릴 테니, 유 형사하고 김 형사 니들 둘은 저 새끼들 입 열 준비해."

"아닙니다. 반장님. 제게 따로 말씀하실 필요 없으십니다. 안으로 들어가서 어떤 식으로 공범들을 유인할지 상의해 보죠."

*　　　　*　　　　*

"그러니까, 아예 놈들이 숨을 만한 구석조차 없는 조그마한 항구였단 거군요."

"예, 검사님. 항구라는 표현을 쓰기에도 민망할 정도였습니다."

"그랬군요. 그럼 정말 최악의 상황이네요. 유지나 씨의 증언대로라면 피해자는 이미 어디론가 옮겨졌다는 말인데, 그게 배를 이용한 거라면 국내일 가능성은 희박할 테니까요."

"제 생각도 같습니다. 그리고 유지나 씨가 수원 근방 야산으로 옮겨질 때 들었다고 했으니, 납치를 당한 뒤 얼마 지나지 않아서입니다. 만약 피해자가 그 당시 배에 타고 있었다면, 그리고 그 목적지가 한국과 가까운 국가라면 이미 도착했을 가능성이 높습니다."

"한시라도 빨리 구출하지 않으면 기회가 없을지도 모르겠네요. 방금 전에 나누시던 대화를 들어보니 반장님께선 공범들을 유인할 방법이 있으신 것 같은데 말씀해 주시죠."

"예. 사실 가능성이 희박한 일이지만, 이것 말고는 지금은 딱히 대안이 없을 것 같습니다. 그자들끼리 통화를 했다는 건, 범인들이 유지나 씨를 납치했다는 것 또한 공범들도 알고 있다는 겁니다. 그리고 통화 내역을 봐서 아시겠지만 일방적으로 한쪽에서만 지시를 내리는 관계이니, 아직 범인들이 체포됐다는 사실은 저쪽에선 알지 못할 거구요. 그 점을 이용하려고 합니다."

"그렇다면 범인들의 협조가 필수인데, 가능하겠습니까?"

"반드시 협조하게 만들겠습니다."

하아… 오늘따라 사람 불안하게 왜 이러실까.

"불법적인 방법은 사용하지 않겠다고 약조하시는 겁니다."

방금 형사님의 눈빛이 잠시 흔들렸다고 느낀 건 단순한 내 착각이겠지.

"예, 그건 당연한 거 아니겠습니까. 검사님께서 저를 그렇게 생각하실 줄은 몰랐는데, 이거 조금 섭섭해지려고 합니다."

"아… 그렇게 받아들이셨다면 죄송합니다. 제가 사과드리겠습니다."

"아닙니다. 사건이 사건이다 보니 충분히 그러실 수도 있다고 봅니다."

"자, 그럼 협조를 받아낸다는 가정하에 작전을 한번 짜 보죠. 혹시 반장님께서 따로 생각해 두신 거라도 있으십니까?"

"아뇨. 그런 건 없습니다. 다만, 작전 시간은 새벽 4시와 밤 10시를 기준으로 잡아야 할 것 같습니다."

"예, 저도 그 의견에 동의합니다. 놈들의 연락 시간이 일정하다는 게 도움이 될 때도 있네요. 아까 범인 심문은 반장님께서 김 형사와 유 형사에게 맡기기로 했으니, 매복 장소와 인원 배치를 어떻게 할 것인지 정해야겠군요."

음? 무슨 일이지?

"민 형사님, 왜 그러십니까?"

회의가 시작된 후에도 집중을 못 하는 그녀의 행동이

자꾸 마음에 걸렸다. 미안하지만, 혹시 유지나 씨의 대역을 맡게 된 부담감 때문이라면 지금이라도 교체를 하는 것이 서로에게 좋은 일이지.

"예… 그게……."

"혹시 피해자 대역 때문에 그러시는 거라면……."

"아니요! 그게 아니라, 말씀을 드리긴 해야 할 것 같은데 확신이 안 서서……."

확신이 안 선다고?

"괜찮습니다. 무슨 일 때문에 그러시는지 몰라도 회의에 집중을 못 하실 정도면, 꽤나 중요한 일 같은데 한번 말씀해 보세요."

"예… 그… 통화 내역이 앞에 있어서 잠시 봤는데 제 예상이 맞다면, 범인들과 공범들 사이의 통화 내용을 유지나 씨는 들을 수 없습니다."

뭐를 유지나 씨가 들을 수 없어?

"야, 민 형사. 지금 무슨 말을 하는 거야? 그럼 유지나 씨가 지금 거짓 증언을 했다는 거야?"

"아닙니다. 그래서 저도 확신이 안 선 건데……."

"잠시만요. 반장님. 민 형사님께선 왜 유지나 씨가 듣지 못했다고 생각하신 거죠?"

형사님을 보며 잠시 망설이던 그녀가 눈을 질끈 감았다

뜨고는 말을 이었다.

"보드 판에 적힌 사건 발생 시간에 따르면, 유지나 씨가 납치된 시각은 어젯밤 11시 30분입니다. 그리고 범인들이 통화를 했던 시각은 어젯밤 10시입니다. 오늘 새벽엔 통화가 없었습니다. 있었다고 해도 유지나 씨가 납치 이후 곧바로 야산으로 옮겨졌기 때문에 관련이 없습니다. 따라서 처음부터 유지나 씨는 범인들의 통화를 들을 수 없단 이야기가 됩니다."

믿기지 않는 민 형사의 주장에 사무실 여기저기에서 사람들이 웅성거리기 시작했다.

그럼 대체 유지나 씨가 들었던 건 뭐야?

"설마? 수사관님. 저희가 눈앞의 미끼에 눈이 멀었었나 봅니다."

"예? 갑자기 그게 무슨 말씀이십니까? 눈이 멀다니요."

사건 발생 시간을 한 번만 생각했더라면, 진즉에 알았을 텐데… 이 무전기의 용도를… 저 보드 판에 저렇게 크게 쓰여 있는데 왜 이제야 눈에 들어온 거지?

정말 사람이란 게 보고 싶은 것만 본다더니 내가 딱 그 짝이었구나…….

"검사님. 말씀을 해주셔야 제가 무슨 일인지 알지 않겠습니까?"

"무전기 말입니다. 저희가 그렇게 고민했던 무전기요."

"무전기라면… 하아~ 정말 덤 앤 더머가 따로 없었네요."

"아니, 검사님. 수사관님. 갑자기 검찰끼리만 그렇게 오순도순 말씀을 나누시면 섭섭합니다."

"죄송하지만, 알려지게 되면 남부지검의 오점이 될 이야기인지라 말씀드리지 못한 점 반장님께서 이해해 주셨으면 합니다."

"오점이요?"

"예. 그럴 사정이 조금 있어서요. 아무튼 이번 작전은 민형사님 덕분에 전면 수정될 것 같습니다. 물론 좋은 쪽으로요."

**10장**

돌파구

"그리 말씀하시니, 기다리기가 힘듭니다."

"알겠습니다. 그럼 바로 설명하도록 하겠습니다."

그렇게 말하며, 마커로 보드 판 우측 여백에 원을 그린 후 그것을 정확히 2등분 하는 선을 세로로 긋는 것을 본 수사팀원들은 순간 알 수 없다는 듯 고개를 갸웃거렸다.

"표정들을 보니, 갑자기 제가 원을 그려서 궁금해하시는 분들이 많으신 것 같네요. 사실 저건 이번 사건 피해자인 유지나 씨가 옮겨진 야산 일대를 대신 하기 위해서 그려 넣은 것뿐이고, 여러분들이 주목해야 하실 건 양분된 선입니다. 중앙을 기점으로 우측이 범인 일당이 사건 당시에 있었던 곳이라고 가정한다면, 좌측엔 공범들이 있었을 겁니다. 즉, 본거지가 아닌 야산에서 거리를 둔 채 무전을 주고받았다는 말이 됩니다."

"설마… 검사님께선 공범들이 유지나 씨가 납치될 당시에 함께 있었을 가능성이 있다는 말씀이십니까?"

"예, 반장님 말씀대로입니다. 무전기가 단순히 납치범들 사이의 범행을 위한 연락 수단에 불과했다면, 은행에서 놈들이 잡힐 때 가지고 있지 않았다는 게 일단 말이 안 됩니다. 게다가 민 형사님의 의견처럼 유지나 씨가 범인들의 핸드폰 통화 내용을 들을 수 없었다는 정황까지 종합해 보면, 공범들이 범인들 근처에 있었다는 건 거의 확실해지죠."

이야기를 듣던 형사님께선 뭔가 알았다는 듯 씨익 웃으며 내게 말했다.

"범인들과 운송책 사이의 통화 시각이 유지나 씨를 납치하기 전인 시점에서 공범들이 그곳에 있었다면, 오늘 새벽에 연락을 하지 않은 운송책은 다른 피해자가 있단 사실을 알지 못하겠군요."

"예. 그 말은 또 다른 피해자는 아직 한국에 있다는 말이 되죠. 결국 저흰 아직 놈들의 은신처를 찾지 못한 겁니다."

"그럼, 그걸 찾는 게 저희의 목표겠군요."

"맞습니다. 이번 작전은 숨어 있는 놈들까지 일망타진 한 뒤에 확실하게 운송책을 잡는 것으로 변경합니다."

"그렇게 말씀하시는 걸 보면, 세부 계획도 있으신 모양입 니다."

"우선 놈들의 차량을 추적하려고 합니다."

이미 범행이 일어난 가양동 일대와 수원 야산 일대까지 조사를 마친 상황에서 차량을 추적한다는 말을 들은 탓일 까, 회의실은 이내 술렁대기 시작했다.

박 형사님은 그런 분위기를 의식했는지, 조심스레 말을 꺼냈다.

"흐음… 차량 조회를 통해서 확인을 해봐도 수원 야산 일대를 제외하면 흔적조차 남기지 않은 놈들의 차량을 추 적하신다니요? 검사님의 말씀이 저로선 잘 이해가 되지 않 습니다."

"반장님께서 염려하시는 바는 저도 잘 알고 있습니다. 이미 CCTV에 흔적도 없는 놈들을 역추적하는 건 불가능 에 가깝다는 걸 이번 사건을 통해 뼈저리게 느끼고 있으 니까요. 하지만 제가 찾으려는 건 저희가 발견한 차량들을 말하는 게 아니라, 피해자를 이송한 차량을 말씀드리는 겁 니다."

"지금 설마, 놈들이 은행에 타고 온 차량이 이송을 위한 차량이 아니라는 말씀이십니까?"

"예, 저희가 그렇게 믿었던 건, 공범들이 은신처에서 통화를 했을 거라 여겼기 때문에 그 차량이 이송용 차량이라고 추측했던 거잖습니까. 하지만 놈들이 야산에 있었다면, 피해자를 데리고 구보로 이동했을 리는 없고 분명 수송 차량이 있었을 겁니다. 그리고 제 예상이 맞다면, 그게 놈들의 유일한 수송 차량입니다."

"검사님께서 그렇게 확신하는 이유를 알 수 있겠습니까?"

"다른 두 차량이 차량 조회를 했음에도 어느 곳에서도 발견되지 않았다는 게 가장 큰 이유입니다. 그리고 따로 수송용 차량이 없었다면, 애초에 놈들이 무전기를 사용할 이유가 없습니다. 그저 피해자들을 본거지로 옮기면 되는 상황에서 굳이 위험을 무릅쓰고 약속 장소에서 만나 범행 성공을 확인할 필요는 없으니까요. 제 생각엔 수송 차량이 아마 놈들의 마지막 보험이 아니었을까 싶습니다. 수송용 차량을 제외한 다른 차량들은 주변 CCTV를 파악한 후 범행 장소와 약속 장소인 야산 일대만을 이동하면서 최대한 짧은 동선을 이용해 CCTV를 피해 다녔을 겁니다. 결국 수송용 차량만 잡히지 않으면, 본거지의 위치는 물론이고 피해자 또한 찾지 못하게 될 테니까요."

"마지막 보험이라……."

"뭐, 이것도 지금으로선 추측에 불과하지만요."

"아닙니다. 제 생각엔 충분히 가능성이 있는 말씀이십니다. 그렇지 않다면 이 정도로 흔적을 남기지 않을 수 없다고 봅니다. 다만 제가 염려하고 있는 건… 검사님 말씀대로라면 공범들은 야산 일대에서 무전을 주고받았습니다. 그렇다는 건 그 수송 차량 역시 다른 차량들과 마찬가지로 그곳 CCTV에 찍히지 않았다는 말인데… 검사님께서 찾을 방법을 가지고 계시냐는 겁니다."

"이거 실망인데요. 저보다 더 잘 아시지 않습니까. 제가 가능성이 없는 곳에 투자를 하지 않는다는 거. 다른 차량은 몰라도 그 차량만은 반드시 찍혔을 겁니다."

"반드시 찍혔을 거라니… 대체 어디에 말입니까?"

그리 크지 않은 형사님의 눈이 저리 커진 걸 보면 꽤나 놀란 모양이다.

"군천항으로 통하는 도로 CCTV입니다. 놈들이 중간에 차를 바꿔 탔든 아니면 다른 방법을 써서 야산 CCTV를 피했다고 해도 그곳만큼은 피할 수 없으니까요."

"검사님… 그래서야 의미가 없습니다. 야산 일대가 아니라면, 저희가 시간대를 안다고 해도 놈들이 이용한 수송 차량이 무엇인지 확인하지 못하지 않습니까?"

"그건 놈들이 알려줄 겁니다."

"설마 심문을 하시려는 겁니까?"

"아니요. 하지만, 기대하셔도 좋습니다. 이번엔 저희가 역이용할 거니까요. 늘 놈들이 저희한테 쓰던 방법을요."

"그러니까… 위장 번호판을 단 차량을 찾자는 말씀이십니까?"

"예, 단순한 소항구인 군천항이라면, 밤 10시부터 12시 사이와 새벽 4시부터 6시 사이의 차량 통행량은 거의 없다고 봐도 무방합니다. 그런 군천항에서 그렇게 수상한 차량이 찍힌다면, 답은 하나 아니겠습니까?"

"안전을 도모하기 위해서 했던 행동이 이번엔 스스로의 목을 조르게 되었군요. 검사님. 더 볼 것도 없는 것 같습니다. 바로 시작하는 게 어떻겠습니까?"

"아직 말도 꺼내지 않았는데, 다들 몸을 들썩거리시는 걸 보니 아무래도 그래야겠네요. 그럼 차량의 조사는 반장님께 맡기겠습니다."

"알겠습니다. 지금 바로 전담반 전원과 함께 군천항 CCTV에 수상한 차량이 잡혔는지 조사에 착수하겠습니다."

말을 마친 형사님께선 곧바로 지시를 내리기 시작했다.

"전원 주목. 지금부터 밤 10시부터 12시 사이와 새벽 4시부터 6시 사이 군천항 일대의 CCTV를 전부 확인해야 한다.

정확성을 기하는 일이니만큼 A팀과 B팀으로 나뉘어서 조사를 시작한다. A팀의 팀장은 강력 3팀의 유 형사가 맡도록 하고, B팀의 팀장은 수사 1팀의 정 형사가 맡도록 한다. 팀의 구성으로 알겠지만, 강력팀원들은 A팀으로, 수사팀원들은 B팀에 소속되어 임무를 수행하는 것으로 한다. 여기까지 질문 있나?"

"없습니다."

"그럼 지금 바로 각 팀의 팀장들은 팀원들을 인솔해서 조사에 착수하도록."

박 형사님의 지시를 받은 전담반 인원들이 일사분란하게 회의실을 빠져나가는 모습을 지켜보던 수사관이 이 사건을 맡고 나선 좀처럼 볼 수 없었던 미소를 띠우며 말했다.

"이제 잡는 건 시간문제인 것 같습니다."

"저희가 돕는다면 좀 더 빨라지겠지요. 반장님."

"예, 검사님. 말씀하십쇼."

"CCTV에서 차량을 발견한다면 바로 본거지를 찾기 위해 역추적을 시작해야 합니다."

"팀장을 맡긴 인원 모두 베테랑들이니, 그 부분은 걱정하지 않으셔도 됩니다. 찾게 되면 저에게 보고를 할 테니 제가 바로 지시를 내리겠습니다."

"예. 저도 반장님께서 그러실 거라 생각했습니다. 다만,

분명 놈들은 야산 일대에서 썼던 방법을 그대로 썼을 겁니다."

"흐음… 그렇다면 추적이 쉽지 않을 텐데 어째 표정이 여유로워 보입니다? 혹시 이번에도 생각해 놓은 계획이 있으십니까?"

"놈들이 CCTV를 피해 갔다면, 저희도 CCTV를 피해 가야겠죠."

너털웃음을 터뜨린 형사님께서 알겠다는 듯 고개를 끄덕였다.

"놈들이 CCTV에 찍히지 않은 곳이 본거지 근처란 말씀이시군요."

"예. 군천항 쪽 CCTV만 확인한다면 일대를 전부 뒤져야겠지만, 피해자를 옮기려면 야산 일대에서 본거지로 가는 도로 쪽 CCTV에도 찍혔을 겁니다. 파악된 차량을 양쪽으로 역추적하면 분명 위치가 나오겠죠. 물론 정확한 위치를 확인하려면 발품을 조금 팔기는 해야 할 겁니다."

"제가 형사 생활하면서 제일 많이 했던 게 뜀박질이었습니다. 찾을 수만 있다면 그 정돈 일도 아닙니다."

"그럼 그 부분은 반장님만 믿겠습니다. 아, 그리고 아무래도 보고를 받고 움직이면 시간이 그만큼 늦어질 테니, 제가 B팀 쪽을 지원하겠습니다. 반장님께선 A팀을 맡아주세요."

"아닙니다. 제가 B팀으로 가겠습니다."

"반장님께서 수사팀 쪽으로요?"

"예, 제가 가면 민 형사 이놈이… 또 주눅 들 것 같아서요."

"무슨 뜻인지 잘 알겠습니다. 그럼 제가 A팀을 맡도록 하겠습니다. 아, 그리고 찾게 되면 저희 쪽에서 군천항 CCTV를 맡을 테니 반장님께서 야산 쪽을 맡아주십시오."

"알겠습니다. 그럼 먼저 나가보겠습니다."

앞서 한 말이 무안했는지 머리를 몇 번 긁적인 형사님께서 빠른 걸음으로 사무실을 나서자, 옆에서 웃음을 참던 수사관이 한마디를 던졌다.

"반장님도 은근히 귀여운 구석이 있으시네요."

귀엽다라…….

"글쎄요… 어쨌든 한시가 급하니 저희도 이만 가보죠."


\*                \*                \*


"73 마에 6345 차량 스타엑스."

조사를 시작한 지 30분이 넘게 지났지만 차량 한 대도 놓치지 않으려는 듯 모니터에서 눈을 떼지 않던 유 형사가 검은색 승합차의 번호를 부르자, 곧이어 타자를 치는 소리가 들려왔다.

"73 마에 6345 차량 조회 결과."

설마? 찾은 건가? 차량을 조회하던 민 형사의 떨리는 목소리가 내심 기대를 하게 만든다.

"차량 무소, 검사님! 위조된 번호판이 확실합니다."

"고생 많으셨습니다. 하지만 아직 끝난 게 아니니, 말씀 드렸던 것처럼 바로 수송 차량 역추적부터 시작해 주세요. 수사관님께선 지금 바로 반장님께 연락해서 야산 쪽 근방 도로 CCTV에서 73 마에 6345로 시작되는 차량을 확인해 달라고 해주시구요."

"알겠습니다."

"자, 그럼 모두 조금만 더 고생합시다."

\*          \*          \*

CCTV로 1시간이 넘게 차량을 추적한 끝에 알아낸 놈들의 은신처는 경기도 화성의 정운리에 위치해 있었다.

이 평화롭게만 보이는 시골 마을 어귀 뒷산에 올라서자 내게 보이는 것은 온통 논과 산뿐이었다.

이곳이 범죄가 벌어지던 현장이라고는 누구도 생각하지 못하겠지.

나조차도 형사들에게 체포되어 경찰차로 압송되고 있는

범죄자들과 그들에게 욕설을 퍼부으며 대성통곡하는 피해자들이 아니었다면 상상조차 못 했을 테니까.

"예, 체포 작전은 무사히 마쳤습니다. 들어가십시오."

부부장검사에게 보고를 끝마치자, 기다렸다는 듯 땅바닥에 담배를 비벼 끈 박 형사님께서 물으셨다.

"뭐라디?"

"고생했다네요."

"뭐? 체포할 때까지 코빼기도 안 비춘 놈이 한단 말이 그게 다야? 나참! 어이가 없구만……."

그러게나 말입니다. 대체 부장검사와 무슨 논의를 했길래, 1시간이 넘는 시간 동안 지휘를 맡아야 할 사람이 연락조차 하질 못한 건지…….

"그만하죠. 더 말했다간, 형사님 담배를 제가 다 피울지도 모르겠어요."

"그럼 안 되지. 보고도 끝냈으니, 다시 아까 하던 이야기나 마저 해보자구."

"예, 역시 이곳엔 운송책은 없던 모양이에요."

"아… 내 생각도 마찬가지야. 젠장, 쉽게 해결됐으면 좋았을 텐데."

"그래도 피해자를 무사히 구출했으니, 이 정도로 만족해야죠."

"그래. 니 말이 맞다. 아까 내가 얼마나 놀랐는지 아냐?"

그렇게 말한 형사님께서 내게 팔을 들이밀었다.

"이거 보여? 설명을 하고 풀어줄 시간도 없어서 일단 재갈부터 풀어줬더니 그대로 물어버렸다, 야."

얼마나 세게 물었으면, 살점이 저리 떨어져 나간 걸까. 피해자가 느꼈을 공포를 그대로 보여주는 듯한 섬뜩한 광경에 나도 모르게 시선을 회피하고 말았다.

"저라도 물었을걸요. 형사님 덩치를 보면, 한패라고 오해하기 딱 좋잖아요?"

"뭣! 마?"

"농담이에요. 사람이 얼마나 놀랐으면 그랬겠어요."

"알지. 씨발 새끼들. 진짜 사람이 할 짓이 따로 있지. 생각할수록 기분만 더러워지네. 구출된 피해자가 유지나 씨와 비슷한 연령대인 걸 보면, 어쩌면… 성매매를 위해서 이런 짓을 했을지도 모르겠어."

"성매매든 뭐든, 다신 이런 짓 못 하게 운송책이란 놈을 후딱 찾아서 잡아 처넣죠."

"말 한번 잘했다. 그럼 우리 검사님께서 어떻게 잡을지 들어 보실까?"

"피해자까지 무사히 구출했으니 오늘 밤 10시에 해경과 연계해서 놈을 포위해 볼까 했는데, 민 형사에겐 미안하지만, 형사님께서 말씀하신 작전을 써야 할 것 같아요."

"왜? 내가 보기엔 니 생각도 나쁘지 않아 보이는데?"

"그게 통화 기록을 보면 4일 전에 놈들이 통화한 시각은 밤 10시인데, CCTV에 수송 차량이 찍힌 시각은 밤 11시 30분이었어요. 1시간을 넘게 기다렸을 리는 없고, 안전한지 살핀 뒤 다시 약속을 잡았을 가능성이 높아요."

"그렇다면 야산에서 발견된 핸드폰 말고도 연락용 핸드폰이 있을지도 모른다는 말이구만."

"그럴 가능성이 높죠. 아직 체포 현장을 수색 중이니, 팀원들이 곧 뭔가 발견하겠죠."

"흐음… 결국 핸드폰 주인이 운송책과의 연락을 담당했을 테니 녀석을 회유해서 놈을 유인하면 된다? 그래. 어차피 놈들이 비협조적으로 나온다면 그때 포위를 해서 잡아도 늦지 않으니, 우선은 놈들의 협조를 받는 쪽으로 움직이는 것이 더 괜찮을 것 같긴 하네."

"예, 괜히 섣불리 움직여서 놓칠 바엔 차라리 놈을 육지로 유인해서 확실히 잡는 게 나을 것 같아요."

"그럼 다 된 거 같은데 발견된 게 있는지 내려가서 확인해 보자구."

"예. 그렇게 하죠."

　　　　*　　　　　*　　　　　*

"핸드폰이 없었다고?"

역시나인가? 기대를 저버리지 않는구만. 유 형사의 보고를 받는 형사님의 표정을 보니, 형사님도 이미 예상을 하고 있었던 모양이다.

"예, 팀장님. 다시 수색을 해볼까요?"

"그래. 유 형사 니가 애들 좀 데리고 다시 한 번 찾아봐."

"예, 발견되면 바로 보고드리겠습니다."

유 형사가 놈들의 본거지였던 창고를 수색하기 위해 떠나자, 수사관이 의아해하며 물어왔다.

"근데, 두 분께선 산에서 내려오시자마자 갑자기 핸드폰은 왜 찾으시는 겁니까?"

"아… 그건……!"

형사님의 설명을 들은 수사관이 알겠다는 듯 고개를 끄덕이며 말했다.

"그렇군요. 이곳에서 발견되지 않는다면, 야산에서 발견된 핸드폰의 주인이 연락을 담당했을 거라는 거군요."

"예, 그랬을 겁니다."

"잠시만요. 그렇게 되면 앞서 잡힌 범인 중에 놈들의 보스가 있는 거 아닌가요?"

"아니요, 수사관님. 그건 아닐 겁니다."

"예? 하지만 반장님. 부하들에게 그런 중요한 일을 맡길 리 없지 않습니까?"

"놈들 중에 보스가 있었다면, 운송책을 제외한 나머지 범인들 모두 유지나 씨 납치에 가담을 했다는 이야기가 되는데, 그렇다면 이렇게 무방비 상태로 저희에게 체포됐을 리가 없습니다. 아마도 조직으로 치면, 어느 정도 영향력이 있는 행동대장 정도쯤 되는 자가 일을 꾸몄을 가능성이 높습니다. 보스는 아마도 피해자들의 운송을 담당하며, 직접 얼굴을 맞대고 이야기를 했을 테구요."

"반장님의 말씀대로 지금으로선 그게 가장 가능성이 높습니다. 분명 조금 전에 서로 연행된 공범들 중에 보스가 있겠지요. 하지만 지금 문제는 그게 아니라 이곳에서 핸드폰이 발견되지 않는다면, 어떻게 놈들 중에서 연락을 담당한 놈을 찾느냐는 겁니다."

힘없이 창고에서 나오는 유 형사를 보면 나의 우려는 이미 현실이 된 모양이다.

"죄송합니다."

"아닙니다, 유 형사님. 처음부터 없던 걸 만들어낼 순 없지 않겠습니까."

"이대로라면 누가 연락책인지 알지 못할 텐데… 이거 정말 큰일이네요."

"연락책이라면, 혹시 두 분께서 핸드폰을 찾으려던 게 그것 때문이었습니까?"

"예, 맞습니다."

고개를 갸웃거린 유 형사는 대체 뭐가 문제인지 모르겠다는 얼굴로 우리들을 바라보며 말했다.

"그렇다면 오히려 잘된 것 아닙니까?"

"뭐? 유 형사. 그게 무슨 말이야?"

"팀장님. 다른 게 아니라, 이렇게 되면 저희가 발견한 핸드폰의 주인이 연락책이란 말이잖습니까?"

"그래. 근데 그게 왜?"

"설마 놈들에게 핸드폰이 아예 없을 리 없고, 분명 평소엔 대포폰을 썼을 겁니다. 그것도 본거지에선 위치가 탄로날 위험을 없애기 위해 소지하는 것조차 허용하지 않았을 거구요. 그렇게 치밀한 놈들이 상급자라고 볼 수 있는 운송책에게 연락을 할 수 있는 유일한 핸드폰을 아무나 사용하게 두진 않았겠지 않습니까."

우리에게 동의를 구하듯 잠시 말을 멈춘 유 형사가 미소를 지으며 말했다.

"분명 핸드폰에 남아 있는 지문을 확인하면, 연락책이 누군지 알 수 있을 겁니다."

"이거 유 형사님이 아니었다면, 저희가 괜한 걸로 시간을 낭비할 뻔했네요. 훌륭하십니다. 유 형사님."

"아닙니다… 검사님."

"아니긴 뭐가 아냐?"

쑥스러운 듯 머리를 긁적이는 유 형사의 어깨를 몇 번이나 두들겨 준 형사님께선 더 이상 볼 것도 없다는 듯 내게 말했다.

"그럼 지금 바로 국과수에 지문 감식 의뢰를 부탁하겠습니다."

"잠시만요, 반장님. 지금 국과수에 맡긴다면, 빨리 받는다고 해도 내일쯤 결과를 받을 수 있을 겁니다."

"제가 그 생각을 못 했군요. 젠장할… 이거, 놈이 오늘은 연락을 하지 않길 바랄 수밖에 없겠습니다."

아니야. 내 예상이 맞다면, 놈은 반드시 오늘 연락을 해 올 거야.

"그것보단, 오늘 지문 감식 결과를 받는 게 나을 것 같네요."

**11장**

심문

"검사님께서 국과수에 연줄이 있을 줄은 정말 꿈에도 몰랐습니다."

그렇게 궁금해서 죽겠다는 얼굴을 한 사람이 경찰서에 도착할 때까지 용케도 참았구만. 그나저나 이걸 연줄이라고 해야 되나……?

"그 정도까지는 아니고, 그냥 어쩌다 보니 알게 된 사이일 뿐입니다."

"통화하시는 걸 직접 목격한 제가 보기엔, 어쩌다 알게된 사이치고는 상당히 친해 보이던데요?"

"직접 만나본 건 한 번밖에 없는데, 그렇게 보였다니 신기하네요. 워낙 그분이 붙임성이 좋아서 수사관님껜 그리 보였나 봅니다."

"에? 한 번이요?"

"예."

"에이, 그래도……."

지이잉― 지이잉―

"잠시만요."

벌써 결과가 나온 건가?

"여보세요. 예. 다나 씨, 결과는 나왔습니까?"

―어라? 그래도 오랜만에 통화하는 건데, 너무 매정하시네요.

"죄송합니다. 제가 그럴 사정이 아니라서요."

―하긴, 최 검사님께서 저에게 부탁을 하실 정도면 보통 사건은 아니겠지만요.

누가 들으면, 평소에 쉽게 부탁을 들어준 줄 알겠구만…….

―어쨌든 부탁하신 대로 지문을 감식한 결과, 3명의 지문이 발견됐어요.

"3명이요?"

―예, 왜 그러신가요?

"다름이 아니라, 핸드폰 주인을 찾으려고 했던 건데 제 예상보다 너무 많아서요."

―흐응~ 핸드폰 주인이라면, 강혁범이란 자가 분명할 거예요.

"예? 지금 뭐라고 하셨습니까?"

뭐가 그리 우스운지, 핸드폰 너머로 웃음기 섞인 그녀의 목소리가 들려왔다.

―핸드폰 주인은 강혁범이란 자라고요. 검사님께서 그리 놀라시는 걸 보니까, 제가 고생을 한 보람이 있네요. 표정을 직접 못 본 건 조금 아쉽지만요.

"분명히 지문만 감식해 달라고 했었던 것 같은데, 대체 핸드폰 주인을 찾는다는 건 어떻게 아신 겁니까?"

―설마 전부 용의자일 리는 없으니, 당연히 주인이 누군지 알아내시려는 것 같아서 핸드폰 버튼에 눌린 지문만 따로 확인을 해봤어요. 뭐, 사실 비밀번호 패턴이 가장 유효했지만요.

하여간 종잡을 수 없는 아가씨라니까…….

"정말 감사합니다. 다나 씨 덕분에 이제 끝이 보이는 것 같네요."

―뭘요. 바쁘실 텐데, 얼른 가보세요.

"그럼 실례하겠습니다."

"강혁범이가 연락을 담당했던 겁니까?"

"예, 국과수 감식 결과론 그렇다네요. 자, 그럼 다들 기다리고 있을 테니 얼른 들어가 보죠."

"근데, 제 귀에까지 들리는 웃음소리 듣고 나니까 암만 봐도 어쩌다 알게 된 사이는 아닌 게 확실하네요."

상사를 보는 거라곤 믿기 어려운 장난기 가득한 수사관의 얼굴을 보고 있자니……

이거 사건이 끝나가니 농담을 할 여유가 생겼다고 봐야하는 건지, 아니면 무너진 직장 내 기강을 다시 바로잡아야 할 때가 온 건지 점점 고민이 된다.

"그렇게 멍하니 서 있으시면 저 먼저 갑니다."

"하아… 지금 갑니다."

기강은 바로잡힐 것 같지 않으니, 아무래도 전자로 보는게 속은 편할 것 같구만.

\*　　　　　\*　　　　　\*

"어떻게 되셨습니까?"

전담반 본부로 쓰이고 있는 남부 경찰서 대회의실 문을 열자마자 들려오는 다급한 형사님의 목소리에, 안심하라는 듯 고개를 끄덕였다.

그제야 전담반 인원들이 안도의 한숨을 내쉬었다.

　"연락책은 강혁범이란 자로 판명됐습니다."

　"그럼 이제 놈을 불러서 협조를 받으면 끝이겠군요. 유 형사, 김 형사. 슬슬 준비해."

　"반장님. 죄송하지만, 이번 심문은 제가 직접 맡아도 되겠습니까?"

　"검사님께서 직접 말입니까?"

　"예. 두 분을 믿지 못하는 게 아니라, 아무래도 제가 나서는 게 더 나을 것 같습니다."

　"검사님께서 맡으시겠다면야, 저희야 당연히 따라야겠지만 혹시 실례가 되지 않는다면 이유를 여쭤도 되겠습니까?"

　"그럼요, 유 형사님. 다름이 아니라, 놈이 마음껏 떠들게 한 뒤에 공범 체포 사실과 함께 자신에게만 검사가 붙었다는 걸 말해주려고요. 모르긴 몰라도 좀 더 압박을 받지 않겠습니까? 협조를 하겠다고 빌고 싶을 만큼……."

　"검사님을 보면서 성인군자가 따로 없다고 생각했었는데… 제가 잘못 알고 있었나 봅니다."

　"그 말씀 동의하신다는 뜻으로 받아들여도 괜찮겠습니까?"

　"예, 더 좋은 방법은 없을 것 같습니다."

"이해해 주셔서 감사합니다. 수사관님, 바로 강혁범의 심문을 할 수 있도록 준비 부탁드립니다."

"지금 바로 준비하겠습니다."

말을 마친 수사관이 심문 준비를 위해 사무실을 나서자마자, 강혁범을 심문했던 유 형사가 놈에 대한 이야기를 꺼냈다.

"심문 전에 강혁범에 대해서 잠시 말씀드려도 되겠습니까?"

"당연하죠. 안 그래도 제가 물어보려던 참이었는걸요."

"검사님께 꼭 말씀드리고 싶은 게 있었는데, 다행입니다."

침착한 유 형사가 저리 말하는 걸 보면, 박 형사님께 들었던 게 전부가 아닌 모양이다.

"그럼, 수사관님께서 돌아오기 전에 얼른 들어봐야겠군요. 유 형사님, 말씀해 보세요."

"예. 사실 그 강혁범이란 놈, 행실이 좋지 않은 것과는 별개로 심문 과정에서의 제 질문에 대해선 다른 놈들보다 더 잘 피해 간 놈입니다."

"반장님께 들었던 대로라면 심문 내내 주둥이가 쉬지를 않았다고 했는데, 그것 참 이상하네요. 그 정도면 한 번쯤 실수를 했을 것 같은데요?"

"심문을 도와주던 민 형사에게 추태를 부릴 땐 그랬을진 몰라도, 제가 질문을 할 땐 꿀 먹은 벙어리처럼 조용히 있었습니다."

"허… 제 생각보다 훨씬 지능적인 놈인가 보군요."

"글쎄요. 제가 보기엔 지능적이라기보단, 놈의 본래 성격이 그런 것 같았습니다."

"그렇군요. 잘 알겠습니다. 혹시 다른 하실 말씀 있으십니까?"

"아니요. 다만 방금 말씀드린 것처럼 강혁범 그놈, 악질적인 놈이니 수사관님께 따로 경고를 해주시는 게 좋을 듯합니다."

"알겠습니다. 그건 제가 심문 전에 수사관님께 말씀드리겠습니다."

\*　　　　　\*　　　　　\*

"그러니까, 강혁범이 민 형사에게 했던 행동을 제게도 할 거란 말씀이십니까?"

"예. 아마 그럴 가능성이 높습니다. 아무래도 심문 과정에서 수사관님이 불쾌하실 수도 있을 것 같은데, 어떻게, 아까 말씀드린 것처럼 형사님들 중 한 분과 심문을 진행할까요?"

"아니요. 괜찮습니다. 당하는 입장에서 그리 달갑지 않지만, 그런 놈이라면 제게 말을 걸 땐 경계를 풀 가능성이 높으니 실수를 유도할 수 있을 겁니다. 그렇게만 된다면, 놈의 입으로 직접 운송책에 대해서 말을 꺼낼 수도 있지 않을까요?"

"그리 말씀해 주시니 정말 감사합니다."

"검사님. 이 사건의 핵심 인물인 운송책만 체포할 수만 있다면 저는 괜찮으니, 그렇게 저한테 미안해하지 않으셔도 됩니다."

"알겠습니다. 그럼 잘 부탁드립니다."

*          *          *

심문에 앞서 서류 맨 위에 쓰여 있는 강혁범이란 이름을 한 번 더 확인한 후 천천히 심문실을 문을 열자, 제집처럼 다리까지 떡하니 꼰 채 의자에 등을 기댄 놈은 마치 환영한다는 듯 수갑을 찬 손을 흔들어댔다.

"그렇게 물어봐 놓고 또 뭘 심문을 하시려고 이러실까~"

"처음 뵙겠습니다. 강혁범 씨의 심문을 맡게 된 남부지검의 최승민 검사입니다."

유 형사에게 들은 대로 간사하게 생긴 녀석은 내 말은 들은 척도 하지 않은 채, 물건을 품평하는 것처럼 수사관을 위아래로 훑으며 시답잖은 소리를 지껄여 댔다.

"이제 보니 경찰이나 검찰이나 요샌 여자만 뽑나 보네? 나도 이럴 줄 알았으면, 경찰이나 될 걸 그랬어."

"강혁범 씨. 심문에 집중해 주시겠습니까."

"어이, 아가씨. 목소리가 좋네. 이름이 어떻게 되시나?"

"오은서라고 합니다만, 지금 제 이름이 중요한 게 아닐 텐데요. 다시 한 번 말씀드리지만, 집중해 주시죠."

"어차피 변호사가 올 때까지 대답 안 할 거, 다 아는 사람들끼리 왜 이러실까? 그전에 서로 좀 알아가자는 거지. 안 그렇습니까, 검. 사. 님?"

이런 놈을 개자식이라고 하는 건가. 사람을 납치한 주제에 어떻게 표정 하나 변하지 않고 저런 말을 입에 담을 수 있는 건지……

"변호사라면 호출을 했으니, 곧 올 겁니다. 그러니 괜히 저희 수사관에게 이상한 말은 삼가주시죠."

"멋있구만유. 이 아가씨 반하겠어~"

"검사님 말씀 못 들으셨습니까?"

안하무인격인 놈의 언행에 심문 중엔 좀처럼 표정을 드러내지 않는 수사관이 결국 미간을 찌푸렸다.

"발령받은 지 얼마 안 됐다던 그 민 형사란 아가씨는 싹싹하더만, 검찰이라서 그런가, 깨시가 있네, 깨시가."

"하… 좋습니다. 그럼 무슨 이야기를 할까요?"

"이제야 좀 말이 통하네. 나도 신사라고. 레이디 퍼스트 아니겠어? 아가씨 먼저~"

"글쎄요? 범죄자인 강혁범 씨에게 묻고 싶은 이야기는 한 가지뿐입니다. 납치를 해서 어떻게 하려고 하신 겁니까?"

"이 아가씨 보소? 유도신문을 하려나 본데. 그것도 사람 봐가면서 해야지. 이래 봬도 눈치 하난 빠른 놈이야, 내가."

이것 봐라?

이제 보니, 유 형사가 말한 것처럼 단순히 행실이 그런 것이 아니라, 판단력을 흐리게 하려고 의도적으로 이런 행동을 하는 것 같아 보였다.

"말씀하기 싫으시면, 말씀하지 않으셔도 됩니다. 딱히 듣고 싶은 마음도 없으니까요."

"이 아가씨 재미있네. 당신 생각은 어때? 우리가 뭘 하려고 했던 것 같아?"

"글쎄요. 장기 매매라도 하려고 했나요?"

지금 저 아가씨가 무슨 소리를 하는 거야? 이런, 젠장할……!

"하하하! 잘난 척 하시길래, 사회 경험이 많으신 줄 알았더니 이거 순 세상 물정을 모르는 아가씨구만. 영화를 너무 많이 보셨어. 혹시 수사관인가 뭔가 하는 게 된 것도 영화 때문이신가?"

"뭐가 그렇게 웃기시죠?"

어느새 놈의 페이스에 말려든 수사관이 날이 선 목소리로 되물었지만, 놈은 그녀를 비웃기라도 하듯 한참을 낄낄대고 나서야 웃음을 멈추고는 입을 열었다.

"이 철부지 아가씨야. 아저씨가 뼈가 되고 살이 되는 이야기를 해줄 테니까 똑똑히 들어요. 장기 매매란 건 말이에요. 아가씨 생각처럼 그렇게 쉽게 할 수 있는 게 아니에요. 설마 영화처럼 그냥 사람 배 따고 열어서 꺼내면 되는 줄 알고 계신 건 아니시죠?"

민우 형과 술을 마시던 중 형에게 장기 매매에 대해 물어봤을 때, 형이 내게 해줬던 이야기와 거의 비슷한 말을 하던 강혁범이 수사관에게 썩소를 날리며 말을 이었다,

"세균 감염이 뭔지 못 들어봤나 봅니다? 장기란 건 말입니다. 기본적으로 무균실이 아니면, 애초에 꺼내봐야 고깃덩어리랑 다를 게 없어요. 그리고 장기를 꺼내는 수술은 아무나 할 수 있는 그런 게 아닙니다. 미쳤다고 힘들게 시험까지 쳐가면서 면허를 딴 의사 놈들이 그런 짓을 하겠습

니까?"

놈의 말을 듣다보니, 뭔가 이상했다.

대체 뭐지? 이 위화감은……?

"장기 매매라는 건 말이지, 애초에 우리 같은 놈들이 할 수 있는 게 아니야. 아가씨 말대로면 우리가 장기 매매를 했다는 건데, 그런 장비가 있었으면 그냥 그거 팔면 충분히 먹고 살지 않겠어? 그러니까 하지도 않은 걸로 엮을 생각은 하지 않는 게 좋아."

그래. 말투…….

이상했던 건 놈의 말투였어.

이거 어쩌면 오히려 수사관 덕분에 의외로 일이 쉽게 풀릴 지도 모르겠구만.

"봐봐. 똑똑한 검사님께선 이미 알고 계시니까 아무 말도 안 하시잖아."

내가 어떤 생각을 하고 있는지 까마득히 모르는 채, 강혁범은 의기양양해하는 얼굴로 수사관을 바라보고 있었다.

그런 놈의 태도에 자신이 심문을 망쳤다고 생각했는지, 수사관은 떨리는 눈동자로 이쪽을 바라봤다.

하지만 그것도 잠시, 내 입가의 미소를 발견한 수사관은 언제 그랬냐는 듯 그녀 특유의 능글맞은 말투로 강혁범을 조롱했다.

"검사님께선 그래서 말씀을 안 하고 계신 게 아닌데요. 분위기 파악도 못 하고, 조잘대고 있는 당신이 불쌍해서 저러시는 건데 강혁범 씬 참 착각이 심하시네요."

하여간, 깐족대는 거 하난 국내 최고라니까……?

"뭐……?"

"왜 그렇게 놀라시나요?"

"'놀라시나요?'는 무슨! 지금 어디서 허세야? 진짜, 기가 막히는구먼. 검사님, 저 아가씨가 그렇다는데 어디 말씀 좀 해보시죠."

"정말 그래도 괜찮겠어요? 강혁범 씨?"

"아주 양쪽으로 난리도 아니네. 몇 번을 말해야 되나? 한번 해보시라니까?"

"그러죠, 뭐. 강혁범 씨. 당신한테 장기 매매가 어떻다더니 하면서 떠든 사람이 누굽니까?"

"갑자기 무슨 자다가 봉창 두들기는 소리야, 그게? 검사 양반, 누가 말을 해줬다는 건데?"

"정말 우리 수사관님이 몰라서 당신한테 그런 질문을 했을 것 같아요? 이제 와서 시치미 떼도 소용없어요, 강혁범 씨."

말을 하면서 엄지와 검지로 OK 사인을 보냈는데도 계속

해서 몰래 옆구리를 찔러오는 수사관을 보면, 어째 강혁범
보다 그녀가 더 놀란 모양이다.

하긴 갑자기 상관이 뜬금없는 말을 하니, 놀랄 만도 하
지.

"검사 양반. 이렇게 억지 부릴 거면, 얼른 내 변호사나
오라고 해. 그전엔 한마디도 안 할 거니까."

"변호사라면 곧 도착할 테니 걱정하지 마세요. 아니지.
오히려 부르지 말아달라고 곧 저한테 빌게 될지도 모르겠
습니다."

"예, 예… 어련하시겠어요~"

"이제부터 당신이 무슨 짓을 했는지 말해줄 테니까, 그
만 깐죽대고 말하기 싫으면 듣기나 하세요."

내가 간신히 화를 참고 있다는 걸 모르는 놈은 아직도
그저 유도신문이라 착각한 채 코웃음을 날리며, 태평스럽
게 휘파람을 불어댔다.

"아, 맞다. 그전에 남한테 배운 걸로 아는 척을 하려면,
말투부터 고치지 그러셨어요. 그렇게 토씨 하나 안 틀리고
말씀을 하시면, 누가 들어도 티가 나잖아요."

말이 끝나기 무섭게 녀석의 휘파람 소리가 멈췄다.

"대체 누구한테 배웠다는 건지 모르겠네."

"누구긴 누구겠어요. 당신한테 명령을 내리는 운송책이

겠죠."

"제발, 생사람 그만 잡으세요. 운송책이 대체 뭡니까? 내가 좀 압시다, 좀."

**12장**

밝혀지는 진실

"당신이 운송책을 모르면 안 되지… 사람을 납치해서 돈을 뜯어낸 뒤, 장기 적출을 목적으로 하는 인신매매 집단에게 넘기려 한 이 개만도 못한 자식아!"

"억지 좀 그만 부리쇼. 아까 말씀드렸는데, 대체 어떻게 장기들을 운반을 하냐고?"

"장기들을 어떻게 보내냐고? 네놈들이 한 것처럼, 시설이 갖춰진 곳으로 산 채로 보내면 되지 않겠어?"

심문을 하고 나서 처음으로 미소가 사라진 놈을 보니, 역시나 내 예상이 맞은 것 같다.

"난 그런 짓 한 적 없으니까 억지 부리지 마쇼."

"당연히 넌 한 적이 없겠지. 그저 들었을 테니까. 세균 감염이 어떻다느니 하면서 너한테 설명을 해줬을 그 운송책이란 자에게 말이야."

"검사 양반… 그냥 은행에서 돈만 받고 풀어주려던 사람을 그렇게 모함해서 쓰나."

"어디 내가 모함을 하는 건지 이만수한테 직접 물어보면 되겠네."

"누구……?"

"누구긴 누구야. 니 패거리 중 한 명이지. 나이가 가장 많아서 찍어봤는데, 이거 이만수가 보스가 맞나보네. 어이, 강혁범. 우리가 지금 공범이나 찾으려고 여기 온 게 아냐. 이미 공범들은 다 잡혔어."

초조한 모양인지 녀석의 눈썹이 미세하게 떨렸다. 그런 놈을 좀 더 궁지로 몰아넣기 위해 일부러 검지로 책상을 '톡톡' 치며 말을 이었다.

"아까 운송책이라고 부른 것처럼 널 뭐라고 부르는 줄 알아? 연락책이라고 불러. 너라면 무슨 뜻인지 잘 알고 있을 거야. 그러니까 개소리 그만하고, 운송책 체포에 협조해."

"그 상상력으로 왜 검사를 하시나."

"이 정도면, 충분히 친절하게 설명을 해드린 것 같은데…
머리가 달려서 그런가? 이걸 이해를 못 하시네. 수사관님,
이분께서 벌써 치매가 오신 모양이네요. 수사관님께서 운
송책이 누군지 생각 좀 나게 해드려야겠는데요."

내 말에 고개를 끄덕인 수사관이 들고 있던 서류를 책상
에 내려놓았다.

"강혁범 씨, 이번에 잡힌 공범들도 심문을 받고 있습니다
만, 강혁범 씨와 함께 잡힌 범인들은 심문을 받지 않고 있
습니다."

"있지도 않은 공범들이 심문을 받든 말든 그게 뭐 어쨌
다는 겁니까?"

강혁범의 반응에 한숨을 내쉰 수사관이 싸늘한 미소를
지으며 놈에게 고했다.

"어쩌긴요. 강혁범 씨께서 기다리고 계신 변호사가 도착
하면, 저흰 평소대로 형식적인 질문을 하고 방을 나갈 겁
니다. 그럼, 저 문밖에서 대기하고 있는 형사님들께서 이만
수에게 강혁범 씨가 배신을 한 덕분에 운송책을 군천항에
서 덮칠 거라고 말할 겁니다. 모르긴 몰라도 한 달 쯤 뒤
면 두 분께서 오붓하게 한 방을 쓰시게 될 것 같은데, 괜찮
으시려나 모르겠네요."

아까의 여유는 어디다 내팽개치셨는지, 한쪽 발을 덜덜

떨고 있는 녀석에게 수사관이 쐐기를 박았다.

"검사님. 상황을 보니 협조는 물 건너간 거 같은데, 변호사 분께 저희가 급한 일이 있으니 최대한 빨리 좀 와달라고 연락 좀 하고 오겠습니다."

"예, 그러세요."

잠시 후, 심문실이란 특수한 장소 때문인지 불길함마저 감도는 수사관의 하이힐 소리가 조용히 방 안에 울려 퍼졌다.

그리고 조금씩 발소리가 멀어져 갈수록, 그에 맞춰 강혁범의 안색은 점점 더 창백해져만 갔다.

"제가… 어떻게 도와드리면 되는 겁니까?"

"드디어 도와줄 마음이 생기셨나 보네요."

핏기가 가신 얼굴로 체념한 듯 고개를 끄덕이던 놈이 한숨을 내쉬며 자신에 대한 보호를 요청해 왔다.

"약조하신 겁니다……."

"예. 그러니 강혁범 씨께선 말씀드린 대로 운송책을 잡는 데 협조만 잘 해주시면 됩니다."

"알겠습니다… 헌데, 그자에게 연락이 오면 받는 건 문제가 없습니다만 저도 언제 놈이 연락을 해올지는 모르겠습니다."

이것 봐라. 이제 보니 이만수를 두려워한 게 아니라, 운송책이란 자를 두려워했던 건가?

"제가 알기론 그럴 리가 없을 텐데요."

"예?"

"약속 시간을 바꾼 당사자분께서 왜 그리 놀라십니까?"

"제가 약속 시간을 바꾸다니요! 저는 그저 명령대로 연락만 받았을 뿐입니다……."

"강혁범 씨. 제가 이번 사건에 대해 모르고 있던 건 인신매매의 목적, 그거 하나뿐이었어요. 달리 말하면, 당신이 피해자에게 돈을 갈취할 시간을 만들기 위해서 약속 시간을 의도적으로 바꾸었다는 것도 알고 있다는 말입니다."

"연락만 담당하던 제가 어떻게 약속 시간을 바꾼단 말입니까……?"

"어떻게라… 간단하죠. 운송책에게 납치에 실패했다고 하면 되지 않습니까. 그러고 나서 무전기를 이용해 공범들에게도 납치에 실패했다고 말하면 의심받을 일도 없을 테구요."

"상식적으로 그런다고 믿어주겠습니까……?"

"어젯밤 공범들이 납치를 성공했는데도 불구하고, 오늘 새벽 4시에 운송책에게서 연락이 없었던 걸 보면 제 생각엔 충분히 믿었던 것 같은데요."

"정말 오해입니다! 차를 바꿔 타려고 들렸던 것뿐입니다."

"이 양반아. 정말 당신이 차만 바꿔 타려고 들렀던 거라면, '참 운도 좋은 년이네. 내일 팔려 가면 다신 구경도 못할 텐데, 서울 구경이나 시켜줘야겠어'라고 당신과 공범이 지껄인 말을 피해자가 들었을 리 없잖아요. 그놈이 처음부터 두 명을 요구했던 거죠? 그래서 당신은 이런 계획을 짠 거 아닙니까, 내 말이 틀려요?"

거짓이 들통나니 목이 타는지 마른침을 꿀꺽 삼키는 녀석에게 싸늘하게 말했다.

"봐주는 건 이번 한 번뿐입니다. 한 번만 더 이렇게 나오면 협조할 생각이 없는 걸로 알고, 조금 전에 말한 것처럼 진행할 거니까 판단은 알아서 하세요."

"예……."

"강혁범 씨. 다시 묻겠습니다. 몇 시에 놈이 연락을 하기로 했습니까?"

"밤 10시입니다."

오늘 밤 10시라… 준비하려면 바빠지겠구만.

"놈의 인상착의는요?"

"모르겠습니다……."

"내가 방금 뭐라고 했는지 기억이 안 나나 봐요? 수사관님."

"예, 말씀하십시오."

"지금 당장 변호사분께 다시 오시라고 연락 좀 해주세요."

"알겠습니다."

수사관이 자리에서 일어나려고 하자, 강혁범이 거의 울부짖는 목소리로 외쳐댔다.

"검사님! 이번엔 정말입니다! 제발! 믿어주십시오!"

수갑을 찬 손으로 필사적으로 바짓가랑이를 잡아오는 놈을 보면, 거짓은 아닌 것 같았다.

"알겠으니까, 진정하세요. 그럼 목소리는 들었을 테니, 연령대는 대충 말해주실 수 있죠?"

"그것도… 잘 모르겠습니다."

"지금 저랑 장난하자는 겁니까……?"

"그런 게 아니라… 전화를 할 때마다 그자는 목소릴 변조했었습니다."

"예?"

"그게 아이와 여성을 섞어놓은 괴이한 음성이었습니다."

생각을 떠올리는 것인지 강혁범은 소름 끼친다는 듯 몸서리를 치며 말을 이었다.

"직접 그자를 만났던 만수 형님에게 물어봐도 모른다고 할 겁니다."

"잠깐만요. 직접 만났는데, 어떻게 모른다는 겁니까?"

"하회탈처럼 웃고 있는 요상한 가면을 쓰고 있었다더군
요."

"목소리는 역시 변조된 채였구요?"

"예……."

"당신이라면 그 말을 믿을 수 있겠어요? 아니, 그자가 변
조된 음성에 가면을 썼다 칩시다. 대체 당신들은 뭘 믿고
그런 놈의 명령을 따른 겁니까? 상식적으로 말이 안 되잖
아요."

"그건……."

잠시 고민을 하던 놈이 결심을 했는지 힘겹게 입을 열었
다.

"만수 형님이 모시던 형님의 추천 때문입니다."

"그 형님이란 자의 이름은요?"

"모르겠습니다. 제가 들은 건 만수 형님이 그냥 전에 모
시던 형님인데, 꽤 큰 사건에 연루돼서 필리핀으로 도주를
했었다고만 들었습니다."

"필리핀이요?"

"예, 형님이 말씀하셨던 거니 확실할 겁니다."

"그래서요? 그 형님이란 자가 뭐라고 했던 겁니까?"

"보스의 명령으로 그자를 돕게 됐는데 믿을 만한 사람
이 필요해서 연락을 했다고 했답니다. 보수는 확실하니까,

한번 맡아볼 생각 없냐고요."

"그래서 덥석 물었다?"

"아니요. 고민을 많이 했습니다. 이 일에 손을 대면 결국 엔 한국을 떠나야 하는 일이었으니까요."

"근데 왜 하게 된 겁니까?"

"그쪽에서 제시한 액수가 저희 같은 사람은 감히 상상도 할 수 없는 금액이었습니다."

"액수가 얼마였는데요?"

"중간급인 제가 받은 금액이 건당 10억이었습니다."

10억? 잡힌 인원만 해도 10명이 넘어가는데, 장기 매매 에 중간급에게 10억을 줬다고?

"장난해요? 설마 장기 매매가 아니었던 겁니까?"

이렇게까지 된 마당에 뭘 더 숨기냐는 듯 그가 쓸쓸한 미소를 보이며 고개를 저었다.

"아니요. 검사님 말씀이 맞습니다. 저도 그래서 아깐 정 말 놀랐습니다."

"역시 그 말은 놈이 했던 말이군요?"

"예, 정말 듣고 나서, 미친놈이란 생각밖에 안 들더군 요… 다른 지역을 놔두고 왜 한국에서 인신매매를 하냐니 까. 하이 리스크? 하이 리턴이라나… 뭐라나……."

사람을 매매하면서 위험할수록 보상은 높다라… 정말

제정신은 아닌 모양이네. 헌데, 운송책이란 자는 대체 어떻게 그런 큰 액수를 지불했던 거지?

"그렇게 말한 걸 보면 거래를 제안한 자가 있었다는 건데, 혹시 누군지 아십니까?"

"아니요. 만수 형님 말로는 중국 쪽에다 넘기는 것 같다고 했었습니다만, 잘은 모르겠습니다."

"중국이라… 흐음… 그리고 또 그놈이 뭐라고 했습니까."

"제가 그자에게 들은 건 이게 전부입니다."

"조금 이상하네요."

"예? 어떤 점이 말입니까……?"

왜긴 왜겠어. 네놈 성격에 직접 본 적도 없는 이만수가 모시던 형님이란 자를 두려워할 이유가 없어 보이니 그렇지.

"다름이 아니라 제가 보기엔 강혁범 씨는 이만수보다 운송책을 더 두려워하는 것처럼 보였는데, 하는 말을 들어보니 전혀 그럴 이유가 없는 것 같아서요."

"정말… 검사님을 보면 그자가 떠오르네요."

"그자라면 운송책을 말씀하시는 겁니까?"

"아, 죄송합니다. 그자도 검사님처럼 제가 말을 하지 않아도 저의 생각을 귀신같이 알아채던 게 떠올라서 그만… 말이 헛나왔습니다."

그런 놈한테 용케도 사기를 칠 생각을 다 하신 양반이 무슨.

"그리 기분은 좋지 않지만, 칭찬으로 받아들이겠습니다. 아무튼 놈을 두려워하는 이유가 있다는 거군요."

"아, 아닙니다……."

"강혁범 씨. 제가 놈에 대해서 알아야 잡을 확률이 높아지지 않겠어요? 만약에 이런 상황에서 그놈을 놓친다면, 그땐 어떻게 뒷감당을 하시려고요?"

"그런 일은 아닙니다……."

"그런 일이 아니라뇨? 대체 무슨 일인데요? 말씀을 해주셔야 제가 알 거 아닙니까."

"그게… 배에서 그자가 누군가를 고문하는 모습을 봤다고 했습니다……."

"이만수가 그리 말했습니까?"

내 질문에 강혁범은 한참 동안이나 운송책이 벌인 잔악한 고문 과정을 설명하기 시작했다.

"정말 사람이 맞나 싶었습니다."

"강혁범 씨, 그 정도면 충분히 들은 것 같네요. 그만하셔도 됩니다."

"예……."

아무리 생각해도 고문 방법들이 너무나 비현실적이야.

게다가 이만수만 목격했다? 내가 보기엔 운송책이란 자가 놈들을 단속시키기 위해 이만수를 통해서 그저 공포심을 유발시켰을 가능성이 더 높아. 실제로 눈앞의 강혁범을 보면 효과는 충분히 있었던 것 같고.

"정말 놈이 그런 짓을 했다면 강혁범 씨가 두려워할 만하군요."

"듣는 내내 얼마나 끔찍하던지, 오죽하면 저희가 냉동고라고… 불렀겠습니까."

냉동고? 비단 놈의 고문 행위만이 아니라 여러 의미가 함축되어 있는 것 같은 말이었다.

"설마, 그 배를 말하는 겁니까?"

"예, 맞습니다. 검사님… 염치없는 건 알지만, 놈이 제가 배신을 했다는 걸 알게 되면 가만있지 않을 겁니다."

씨발 새끼. 남의 목숨은 파리 목숨처럼 여기던 놈이……!

"약조한 대로 이번 일만 잘 해결되면……."

네놈이나 그놈이나 독방에서 썩게 될 테니 걱정하지 마라…….

"놈과는 평생 만날 일 없을 겁니다. 그러니 걱정하지 않으셔도 됩니다."

"감사합니다……."

심문을 시작했을 땐 껄렁거리던 녀석이 은인이라도 만난 것처럼 고개까지 꾸벅이는 모습을 보고 있자니, 속이 다 매스껍다.

아무리 이 사건의 원흉을 체포하려고 하는 것이지만, 정 말 내가 잘하고 있는 걸까?

*        *        *

강혁범의 심문을 마치고 전담반 사무실로 돌아오자, 대 기하고 있던 형사들이 벌 떼처럼 몰려들었다.

"검사님, 고생 많으셨습니다."

"아닙니다. 반장님. 그것보다 상황을 알고 계시니, 제가 무슨 말을 할지 아실 겁니다."

"예, 그래서 이미 유 형사에게 이만수가 말한 그 형님이 란 자가 누구인지 알아보라고 했습니다."

"역시 박 반장님이십니다."

"뭘요. 당연히 해야 할 일을 가지고 너무 띄워주시는 거 아닙니까?"

"그랬나요? 그럼 다음부턴 이런 일 없도록 주의하도록 하겠습니다."

"또 그럴 것까지는……."

"에이~ 팀장님. 없어 보이게 왜 그러십니까?"

"뭐? 인마?!"

김 형사의 깐죽거림을 참지 못한 박 형사님의 주먹이 날아가자 잠시 후 김 형사가 머리를 부여잡은 채 엄살을 부려댔고, 그 모습에 모두들 웃음을 터뜨렸다.

전담반이 꾸려지고 나서 처음인가?

그래서 그런지 낯설게까지 느껴지는 화기애애한 사무실 풍경이 그리 나쁘지 않았다. 뭐, 이런 분위기를 깨는 역할인 내가 할 생각은 아닐지도.

"자, 다들 기쁜 건 알지만 놈을 체포하려면 아직 할 일이 많으니, 이제 진정들 하시고 주목해 주세요."

"드디어 놈을 체포하는 겁니까?"

# 13장

운송책 체포 작전

"예, 21시 30분에 운송책 체포 작전을 시작할 겁니다."

"21시 30분이라… 2시간 정도 남은 거군요. 슬슬 준비를 해야 될 것 같은데, 구체적인 계획은 어떻게 됩니까."

"그건 이번 작전을 총괄하실 부부장검사님께서 직접 알려주실 겁니다."

부부장검사라는 말에 형사들은 마치 '이제 와서?'란 눈빛으로 이쪽을 바라보고 있었다.

"그렇습니까……?"

제가 대체 어떻게 대처를 하라고 형사님까지 그러십니

까…….

결국 난 부부장검사가 곧 도착한다는 말 이외엔 어떤 말도 할 수가 없었다.


"최 검사, 고생 많았네."

"아닙니다."

"아니긴 뭐가 아냐. 속으로 내 원망 많이 했을 텐데, 그리 말해주니 내 면목이 없구만."

쓴웃음을 지은 그는 이 자리를 피하고 싶은 것인지, 뻔히 눈앞에 보이는 전담반의 위치를 물었다.

"아, 이쪽으로 가시면 됩니다."


　　　*　　　*　　　*


―참나, 어떻게 얼굴색 하나 안 변하냐? 아주 철면피가 따로 없더라.

운송책 체포 작전을 설명하던 부부장검사를 떠올렸는지, 수화기 너머로 들려오는 박 형사님의 목소리엔 짜증이 가득했다.

"그러게 말이에요."

―짜식이… 이럴 땐 그냥 화내도 돼, 자식아. 뭘 그렇게

매번 꾹꾹 참고 사냐? 너도 참 대단하다.

"아무리 그래도 형사님이랑 통화 중에 예의 없게 제가 욕을 할 순 없잖아요. 그러니 참아야지 별수 있겠어요."

—뭐야? 그런 거였어? 난 또 그런 줄도 모르고 괜히 걱정했네.

"예, 그러니까 화난다고 부부장검사한테 주먹 날리고 그러시면 안 됩니다?"

—모르지, 또. 수틀리면 주먹만 나가겠냐?

"예?"

—농담이야, 인마. 얼씨구?

"왜 그러세요? 무슨 일이라도 생긴 거예요?"

—아니, 정작 힘들 땐 코빼기도 안 비친 양반이 벌써 출발을 하니까 내가 안 놀라게 생겼냐?

"부부장검사가 출발했나 봐요?"

—어. 이만 끊어야겠다. 김 형사가 안 오고 뭐하냐고 째려본다, 야.

"예, 그러면 고생하세요."

—그래. 너도 고생하고.

그럼 나도 슬슬 출발해 볼까.

"왜 이리 오래 걸리십니까?"

"아, 죄송해요. 통화를 하느라 조금 늦었어요."

"통화요? 한시가 급하시다는 분께서 화장실에 가셔서 누구랑 통화를 하신 겁니까?"

"박 반장님께 드릴 말씀이 있어서요."

"흐음……? 가끔 보면, 직장 동료인 저보다 더 친해 보이십니다."

하여간, 눈치는 빨라 가지고…….

"설마, 그럴 리가 있겠습니까? 반장님과 운송책을 어찌 잡을지 논의하다 보니 조금 늦었을 뿐입니다."

"그건 해경의 협조를 받아 군천항 인근 해역을 포위한 후, 예정대로 운송책이 나타나면 그때 놈을 체포하는 걸로 이미 결론이 난 거 아니었습니까?"

"예, 맞습니다."

"헌데, 뭘 논의했다는 겁니까?"

"강혁범이 했던 말이 자꾸 마음에 걸려서, 박 반장님께 주의해 달라고 부탁 좀 드렸습니다."

"아… 그 가면 때문에 그러십니까?"

"예, 배 안에 타고 있던 열댓 명이 넘는 인원이 전부 가면을 쓰고 있었다고 했잖습니까. 실수로 한 명이라도 놓친다면 큰일이니까요. 자, 그럼 궁금증도 풀리신 것 같은데 저희도 슬슬 출발해야 하니 타시죠."

작전 개시 시간인 21시 30분까지 도착 보고를 하려면 조금 빠듯하려나? 수사관도 나와 비슷한 생각을 하는지 안전벨트를 매며, 시계를 힐끗 바라봤다.

"예, 어쩌면 조금 서둘러야 할지도 모르겠네요."

"최대한 빨리 가보죠."


서두른 덕분일까? 21시 20분에 우린 무사히 목적지인 수원 야산에 도착할 수 있었다.

"자, 내리죠."

"검사님께선 안 내리십니까?"

"부부장검사님께 도착 보고부터 하려고요. 저 대신에 수사관님께서 형사님들께 핸드폰을 꺼달라고 말씀드려 주세요."

"예, 알겠습니다."

차에서 내린 수사관이 형사들에게 향하는 걸 보며 통화 버튼을 누르자, 곧바로 부부장검사의 목소리가 들렸다.

─여보세요. 그래, 최 검사. 도착했나?

"예, 지금 막 도착해서 보고드립니다."

─그래, 수고했네. 그럼, 놈에게 연락이 오면 바로 다시 연락하게나.

"그럼 그때 다시 연락드리겠습니다."

─아, 그리고 자네가 실수할 일은 없겠지만, 핸드폰은 꺼

두게.

"알겠습니다."

이 양반이 이렇게 걱정이 많으신 분인 줄은 미처 몰랐네……

"어떻게 됐습니까?"

"별말 했겠습니까. 운송책에게 연락이 오면 다시 보고하라시죠, 뭐. 근데, 왜 강혁범은 아직도 차 안에 있습니까?"

"아, 도주할 수도 있으니, 차 안에서 전화를 받으라고 하는 게 나을 것 같아서요."

하긴, 혹시나 모를 경우의 수를 줄이기 위해 이곳까지 왔는데 괜한 위험을 만들 필요는 없지.

"흐음… 듣고 보니 그게 나을 것 같네요. 그럼 이제 기다리는 일만 남았으니, 산이라 모기도 많은 텐데 형사님들 차로 이동해서 신세 좀 지죠."

모기라는 말에 여태껏 아무렇지도 않게 서 있던 수사관이 이동하는 내내 손을 휘휘 저었다. 이래서 모르는 게 약이란 건가?

"죄송합니다. 저희 때문에 덩치도 있으신 분들이 고생이 많으시네요."

"괜찮습니다. 근데, 검사님께선 그 운송책이란 놈이 언제쯤 연락을 하실 거라고 생각하십니까?"

"글쎄요. 통화 내역대로라면 오늘도 정각에 할 것 같긴 한데… 강혁범 씨, 운송책이란 자가 늦었던 적도 있습니까?"

"아니요. 단 한 번도 늦은 적 없습니다."

"그래요? 그럼, 혹시 우리가 주의해야 할 사항이라도 있습니까?"

"절대로 전화벨이 세 번 이상 울리면 안 됩니다."

이런 곳까지 철두철미하시구만. 강혁범이 연락책이란 걸 몰랐다면, 꽤나 낭패를 봤겠어.

"장 형사님. 그렇다니까 주의를 좀 해주세요."

"예, 벨이 울리면 바로 이자에게 건네겠습니다."

근데, 이거…….

강혁범과의 대화 이후, 누가 보면 값비싼 물건이라도 되는 양 소녀처럼 핸드폰을 두 손으로 꼬옥 쥐고 있는 장 형사와 하염없이 그 모습을 바라보고 있는 일행들을 보니 괜한 걸 물어봤나 싶을 정도였다.

한참 그런 상념에 빠져 있을 때 소름 끼치는 목소리가 들려왔다.

―10시~!

젠장… 이런 거에 다 놀라게 되네. 그만큼 우리가 느끼는 긴장감이 점점 커져가고 있다는 뜻이겠지.

"괜찮으세요?"

갑자기 들려온 기계음에 놀란 나머지, 바닥에 떨어뜨린 핸드폰을 줍고 있는 장 형사에게 묻자 그는 시뻘게진 얼굴로 고개를 꾸벅 숙여왔다.

"예… 죄송합니다. 제가 오늘따라 긴장을 좀 많이 했나 봅니다."

"오히려 다행이죠. 벨 소리가 울렸는데 떨어뜨렸으면 정말 낭패였을 테니까요."

"예… 그렇긴 하죠… 야, 인마. 이런 걸 왜 맞춰놓은 거야……?"

민망함을 숨기려는 듯 장 형사가 강혁범에게 면박을 줬지만, 정작 놈은 맞춰놓은 일이 없는 듯했다.

"제가 미쳤다고 그런 걸 설정 해놓겠습니까……."

"니가 안 했으면, 그럼 이걸 누가 해놔?"

그때였다.

띠리리― 띠리리―

"형사님!"

나와 눈이 마주친 장 형사는 하던 말을 멈추고 황급히 놈에게 핸드폰을 건넸다.

"여보세요."

―여보세요.

강혁범의 말대로 스피커폰으로 바꾼 핸드폰에서 들려오
는 운송책의 목소리는 기괴하면서도 소름 끼쳤다. 마치, 성
인이 억지로 어린아이의 목소리를 내는 것 같은 음성이랄까.

"안녕하십니까……."

─예, 준비는 됐습니까?

"말씀만 해주시면, 바로 출발하도록 하겠습니다."

─그거 다행이네요. 오늘도 준비가 안 됐다고 하셨으면,
강혁범 씨라도 데리고 가려고 했는데…….

"예……?"

─하하하… 농담입니다. 그만큼 저도 난처했다는 겁니다.

"하하… 예……."

─그럼, 1시간 뒤에 뵙겠다고 전해주세요.

"알겠습니다."

툭.

운송책과 강혁범의 짧은 통화가 끝나자, 여기저기서 참
았던 숨을 내뱉는 깊은 한숨 소리가 들려왔다.

"다들 고생 많았습니다."

"검사님께서도 고생 많으셨습니다."

"감사합니다. 이걸로 1시간 뒤면 이번 사건도 끝이 나겠
네요. 저흰 군천항으로 출발할 테니, 형사님들께선 곧바로
복귀해 주세요."

"예, 알겠습니다."

"수사관님, 가시죠."

*　　　　*　　　　*

―1시간 뒤라고?

"예, 놈이 직접 그렇게 말했으니, 틀림없습니다."

―그래? 이거 바로 해경에 연락해야겠구만. 자네도 얼른 이쪽으로 오게. 그렇게 고생했는데, 직접 봐야 하지 않겠어?

"예, 그럼 군천항에서 뵙겠습니다."

―그럼, 조심해서 오게.

"예, 들어가십시오."

"생각보다 쉽게 해결됐네요."

"예, 혹시나 강혁범이가 실수라도 하면 어쩌나 했는데 말입니다. 근데, 어째 아쉬워하는 것 같습니다?"

"그럴 리가요. 그놈 때문에 저희가 얼마나 진땀을 뺐는데… 너무 허무해서 그랬습니다."

그건 언제나 그렇지 뭐. 단서를 찾기가 어려운 거지 찾기만 하면, 요즘 세상에 해결 못 할 사건은 거의 없다고 보는게 맞으니까.

"좋은 게 좋은 거 아니겠습니까. 피곤하실 텐데, 군천항에 도착하면 깨워 드릴 테니 눈 좀 붙이시죠."

"지금 제가 피곤해서 헛소리를 한다고 생각하시는 겁니까?"

"설마요… 지쳐 보이니까 그런 겁니다. 가만 보면, 수사관님께선 저를 못 잡아먹어서 안달이십니다?"

"누가 들으면 오해하겠습니다. 제가 감히 검사님께 그런 생각을 하겠습니까?"

저는 감히 묻고 싶네요. 근데 왜 그런 생각을 하고 계신지……

"현재 시간, 22시 40분. 현 시간부로 운송책 체포 작전을 개시합니다."

부부장검사의 말이 끝남과 동시에 작전대로 매복 지점에 잠복해 있던 매복조들로부터 무전이 들려왔다.

—치직… 매복 1조 이상 무.

매복 1조를 맡은 박 형사님을 시작으로 8조를 맡고 있는 서 형사까지 차례차례 이상이 없음을 알려오자, 부부장검사는 인질 역할을 맡게 된 민 형사와 소 형사가 타고 있는 수송 차량의 이동을 명령했다.

잠시 후, 잔잔한 파도 소리만이 들려오던 고요한 밤바다의 적막을 깨고, 차 소리가 들려왔다.

음? 호위는 남 형사가 하기로 한 거 아니었나? 자세히 보지는 못했지만, 'justice'라고 새겨진 갈색 재킷을 입은 걸 보면, 보조석에 타고 있는 건 유 형사가 분명했다.

이런, 이런… 항상 무심한 척하더니 파트너인 민 형사가 걱정이 된 건가.

그런 생각을 하며, 선착장 근처에 수송 차량이 멈춰 서는 걸 보고 있는데 부부장검사가 주위를 살피며 말했다.

"준비는 다 끝난 것 같구만."

"예, 이제 놈을 기다리기만 하면 될 것 같습니다."

"근데, 수송 차량은 왜 그리 뚫어지게 보고 있었나? 왜? 뭔가 걸리는 점이라도 있어?"

작전을 앞두고 괜히 유 형사의 이야기를 꺼내, 분란을 일으킬 필요는 없을 것 같아 말을 돌렸다.

"아닙니다. 아무래도 가장 위험한 임무이다 보니, 신경이 쓰여서 그랬습니다."

"너무 걱정 말게. 작전대로만 진행된다면, 놈들은 저 차량 근처에도 가지 못할 테니 말이야."

"예, 괜한 심려를 끼쳐 드려 죄송합니다."

괜찮다는 듯 내 어깨를 두드려 준 그는 다시 선착장 쪽을 바라봤다.

덕분에 찾아온 침묵은 치직거리는 무전의 시작을 알리는 잡음이 들려올 때까지 10여 분간 지속됐다.

—여기는 참수리. 치직. 목표물이 접근 중이다. 작전 수행 명령 바람.

태안 해안 경찰 소속 경비정에서 날아온 갑작스러운 무전에 긴장을 했는지 얼굴이 살짝 경직된 부부장검사는 천천히 심호흡을 하고는 침착하게 무전기를 잡았다.

"수신 양호. 여기는 보라매, 작전 수행을 허가한다."

쉴 새 없이 긴박한 무전이 오고 가는 가운데, 멀리서 배 밑면이 도색된 배 한 척이 천천히 항구로 접근했다. 그리고 이내 선착장에 정박한 배에선, 진실을 모르는 이가 봤다면 어부라고 믿었을 만한 차림의 장정 둘이 수송 차량으로 다가갔다.

"이야, 형님. 웬일로 오늘은 일찍 오셨슈? 그래유? 허허… 바쁘신 일이 있으셨구면."

수송 차량에 설치한 도청기를 통해 걸걸한 사내의 목소리가 들려왔다.

"그래도 우리도 어망이 있어야 먹고 사니께, 후딱 물건이나 보여주쇼."

걸걸한 목소리의 사내는 능청스럽게 누군가와 이야기하는 것처럼 대화를 이어나갔다.

"어디 보자……."

덜컥하는 소리와 함께 민 형사와 소 형사가 들어 있는 상자를 연 놈들은 만족스럽다는 듯 통쾌하게 웃어댔다.

"어휴. 이거 무게가 꽤 되네… 형님, 옮기기 쉽게 저짝에 다 대주쇼."

그렇게 말한 걸걸한 목소리의 남성은 상자를 비춰보던 플래시를 들어 배를 가리켰다. 저대로 배에 실린다면, 그대로 인질이 되고 말 텐데… 신호는 아직인가?

초조함으로 인해 내 속이 타들어갈수록, 바램과는 달리 수송 차량은 점점 선착장 쪽으로 가까워져만 갔다.

이윽고 수송 차량이 배 앞에 멈춰 서자, 배 위에 서 있던 남자가 상자를 옮기는 데 쓰일 커다란 철판을 내려보냈다.

"아니, 해상특수기동대란 놈들이 바로 밑에 잠수해 있으면서! 뭐 이리 오래 걸리는 거야?!"

화를 참지 못한 부부장검사가 소리를 지르는 동안에도, 놈들은 마치 우리가 속수무책으로 이 상황을 지켜볼 수밖에 없는 것을 아는 것처럼 휘파람까지 불어대며 상자를 옮기고 있었다.

―들리십니까? 유 형사입니다. 놈들이 철판 위로 올라서면 계획대로 기동대의 잠입과 상관없이 구출 시작하겠습니다.

도청기를 통해 들려오는 유 형사는 차분하게 말을 이어 나갔지만, 유 형사를 아는 내겐 그의 다급함이 느껴졌다.

"부부장검사님. 아무래도 작전을 변경해야 할 것 같습니다."

"알고 있네. 이거 뭐 하나 제대로 되는 게 없구만……."

놈들이 철판 위로 발을 내딛는 걸 지켜보던 부부장검사는 계획과는 다르게 꼬여만 가는 상황에 결국 혀를 끌끌 차며 할 수 없다는 듯 무전기를 들었다.

"여기는 보라매, 침입 작전은 실패했다 판단하에 현 시간부로 작전을 변경하여 지금 즉시 구출 작전을 시작한다. 전 대원은 해상과 육상을 포위하여 놈들의 도주에 대비하도록, 이상."

말이 끝나기가 무섭게 무전을 듣기라도 한 것처럼 수송 차량의 문이 열리며, 유 형사가 뛰쳐나갔다.

─수신 양호. 여기는 참수리, 냉동고 침투 완료. 구출 작전과 병행하여, 임무를 개시하겠다. 이상.

망할 인간들… 타이밍 한 번 기가 막히네.


＊　　　　＊　　　　＊


"죄송합니다. 예정보다 늦어져 작전에 차질을 줄 뻔한

점 다시 한 번 사과드리겠습니다."

"아닙니다. 체포 작전도 무사히 끝났는데, 사과라니요. 당치도 않습니다. 저흰 해경 쪽에서 이렇게 이번 작전에 적극적으로 협조를 해주신 것만으로도 그저 감사할 뿐입니다."

"그렇게 말씀해 주시니 감사합니다. 그럼 전 이만."

고개를 숙이고 자리를 떠나는 해경특수기동대 대장을 바라보는 부부장검사의 입가엔 미소가 끊이지 않았다.

그렇게 열불 낼 땐 언제고… 하긴, 나도 기동대의 활약을 보며 전광석화라는 말이 왜 나왔는지 이해가 됐으니 말 다했지, 뭐.

"최 검사, 고생 많았네."

"아닙니다. 저보단 부부장검사님께서야말로 작전 지휘하시느라 수고 많으셨습니다."

"아니야, 나보단 자네가 고생이 많았지. 어찌 됐건 무사히 해결했으니, 이만 돌아가자구."

"예. 먼저 출발하시면 바로 뒤따라가겠습니다."

"재주는 검사님께서 다 부렸는데, 공은 엉뚱한 사람이 챙겨가네요."

멀어져 가는 부부장검사의 차를 바라보던 수사관이 씁쓸해하며 나를 바라봤다.

"그깟 공 누가 챙기든 무슨 상관입니까. 사건만 무사히 해결됐으면 그걸로 된 거죠. 이만, 저희도 출발하죠."

차에 탄 수사관은 걱정이 된다는 듯 물어왔다.

"유 형사님께선 괜찮으시겠죠?"

"예, 박 반장님 말씀으로는 큰 부상은 아니랍니다."

"놈들이 상자를 그대로 유 형사님 쪽으로 던질 줄은 꿈에도 몰랐습니다."

"그러게 말입니다. 아, 김 형사님은 오히려 다행이라던데요. 유 형사가 상자의 끈을 잡지 않았으면, 민 형사님께서 많이 다쳤을 거라면서요."

"하여간, 유 형사님은 인대가 다 늘어났는데 그분은 참 얄미운 말만 골라서 한다니까요."

"안 그래도 그 덕에 박 반장님께 한 소리 들었습니다."

"이번엔 들어도 싸죠."

"그래도 기동대가 적절하게 들이닥쳐 줘서 다행입니다. 안 그랬으면, 정말 큰일 날 뻔했어요."

"예, 그분들 참 대단하던데요."

"도주자 없이 12명 전원 체포 성공했으니, 역시 특공이란 말이 괜히 붙은 게 아닌가 봅니다."

"그러게요. 근데, 운송책이 누군지는 어떻게 알아내실 생각이십니까?"

"이만수가 만나봤으니, 놈이라면 알 수 있지 않겠습니까?"

"하아… 해결을 하고도 찝찝한 사건은 이번이 처음인 것 같습니다."

그녀의 말뜻을 이해할 것 같다.

"배 안에 있던 혈흔도 그렇고 어쩌면 추가 범행이 발견될지도 모르겠습니다."

"예, 조사반이 투입됐으니, 곧 결과가 나오겠죠."

설마, 정말로 사람을 고문했던 건 아니겠지…….

"왜 그러십니까?"

"주위에 사람이 있건 없건, 시간대도 가리지 않고 범행을 벌이던 그놈들이 또 무슨 짓을 했을까 생각하니 머리가 아파와서요."

"저도 정말 놀랐습니다. 어떻게 밤 11시에 사람을 옮기나 했더니, 상자를 개조해서 윗부분엔 어망을 넣고 밑에는 사람을 싣는 수법으로 의심을 피할 줄이야……."

"생선 비린내는 또 어찌나 역하던지… 세심한 부분까지도 놓치지 않는 걸 보면 정말 치밀한 놈들이에요. 강혁범이 딴마음을 품지 않았다면, 알아차리지 못했을지도 모르겠습니다."

"검사님 말씀처럼 이번에 못 잡았다면, 정말 큰일 날 뻔했습니다."

"하아… 내일 또 마주쳐야 하는데, 사건 이야기는 그만

하죠."

"예, 그러죠."

하지만 대답과는 달리 뭔가 할 말이 있는 듯 수사관의 눈썹이 미세하게 떨리기 시작했다. 이 아가씨야. 그럴 거면 그냥 말을 하라고.

신경 쓰지 않으려고 해도 자꾸만 눈길이 가는 모습에 결국 먼저 입을 열고 말았다.

"왜 자꾸 이쪽을 보십니까. 혹시 저한테 하실 말씀이라도 있으십니까?"

"예? 아… 그게……."

"뭔데, 그렇게 뜸을 들이세요?"

"별건 아니고, 아까 심문실에서 검사님이 강혁범한테 했던 말이 생각나서요."

"흐음……? 딱히 특별한 말을 한 적은 없는 것 같은데요?"

정말 생각이 나지 않아 고개를 갸우뚱하자, 그녀가 웃으며 말했다.

"저는 정말 놀랐는데, 검사님께선 아무렇지도 않으셨나 보네요."

"자꾸 궁금하게 이러실 거예요?"

"강혁범 씨. 당신한테 장기 매매가 어떻다더니 하면서 떠든 사람이 누굽니까?"

내가 저런 말투로 놈에게 쏘아붙였었나?

"아… 난 또 뭐라고. 그래서 그때 제 옆구리를 열심히 찌르신 거군요. 그게 왜요? 전 수사관님도 예상했을 거라고 생각했는데요."

"예, 저도 조금은 그렇지 않을까란 생각을 했었습니다. 다만, 검사님처럼 놈들이 산 채로 운반을 했을 거라고는 짐작조차 못 했거든요. 대체, 어떻게 아셨습니까?"

항상 느끼는 거지만 이 아가씨, 수사에 대한 열정이 남다른 것 같다.

"제가 아는 형님께서 해준 이야기가 떠올라서 알게 됐습니다."

"형님께서 뭐라고 하셨는데요?"

"자기라면, 사람을 병원으로 납치해서 이식수술을 했을 거랍니다."

"예? 근데, 무슨 이야기를 하셨길래… 검사님께선 그 형님이란 분과 그런 대화를 나누셨습니까?"

"그 형님이 의사거든요. 철없는 동생이 장기 매매가 실제로 가능하냐고 물었더니, 쓸데없는 소리 말고 술이나 마시라면서 그리 말해주더군요. 그래서 사실 아까 수사관님께서 강혁범에게 장기 매매에 대해 물었을 때 속으로 조금 찔렸습니다."

"괜찮습니다. 그것보다 짧은 순간에 그걸 캐치해 내시다니 대단하시네요."

"순전히 운이 좋았죠, 뭐."

"운이라뇨. 저라면 아무리 그런 말을 들었다고 해도, 쉽게 연관을 지을 수 없었다고 생각합니다."

"이거 오늘따라 너무 띄워주시는 거 같은데요?"

"그럴 리가요. 전부터 조금씩 느끼긴 했지만, 오늘 사건을 보면서 왜 중앙지검 에이스라고 불렸는지 확실히 이해한 것뿐이니까요. 아, 이런 사람이 정말 검사……."

"거기까지만 하죠."

과거로 돌아오지 않았다면 평범한 회사원에 불과했을 내가 이런 말을 듣게 될 줄이야… 민망함에 얼굴이 다 화끈거린다.

"수사관님께서 저와 함께 일을 하다 보니 저를 좋게 평가해 주시려는 마음은 알겠습니다만, 그렇게 기대하시다간 분명 실망하시게 될걸요?"

"혹시라도 그럴 일이 생긴다면 그건 그때 가서 실망하도록 하겠습니다."

"그럴 바엔 지금 실망시켜 드려야겠네요. 이만 내리시죠."

"예?"

"퇴근하셔야죠. 저야 집까지 바래다 드려도 문제없지만,

차를 두고 가시면 내일 곤란하시지 않겠어요?"

어이없어하며 이쪽을 바라보던 그녀가 피식 웃으며 말했다.

"그럼, 내일 뵙죠. 맞다. 윤정 씨에겐 연락하셨나요?"

"아… 깜빡했네요. 여기까지 온 김에 사무실에 가서 말씀드리죠, 뭐."

"하아… 검사님 말씀이 맞는 것 같습니다."

"뭐가 말입니까?"

"부하도 신경 쓰지 않는 무책임 상사에게 실망했단 말입니다."

"그것 보세요. 1분도 안 돼서 실망하시지 않습니까."

"윤정 씨께서 목이 빠져라 기다리고 있을 텐데, 얼른 내리기나 하시죠."

『다시 한 번』 7권에 계속…

# 초대형 24시 만화방

**신간 100%, 샤워실, 흡연실, 수면실(침대석), 커플석, 세탁기 완비**

## ▪ 시흥 정왕25시점 ▪

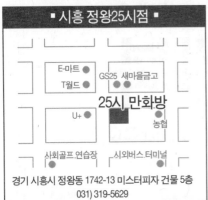

경기 시흥시 정왕동 1742-13 미스터피자 건물 5층
031) 319-5629

## ▪ 강북 노원역점 ▪

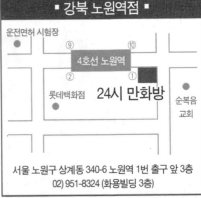

서울 노원구 상계동 340-6 노원역 1번 출구 앞 3층
02) 951-8324 (화용빌딩 3층)

## ▪ 일산 정발산역점 ▪

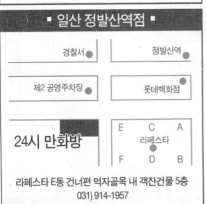

라페스타 E동 건너편 먹자골목 내 객잔건물 5층
031) 914-1957

## ▪ 일산 화정역점 ▪

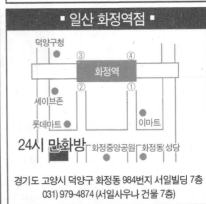

경기도 고양시 덕양구 화정동 984번지 서일빌딩 7층
031) 979-4874 (서일사우나 건물 7층)

## ▪ 부천 역곡역점 ▪

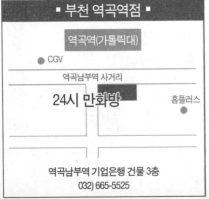

역곡남부역 기업은행 건물 3층
032) 665-5525

## ▪ 부평역점 ▪

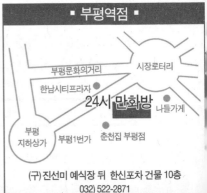

(구) 진선미 예식장 뒤 한신포차 건물 10층
032) 522-2871

철순 장편소설
FUSION FANTASTIC STORY
괴물 포식자
지구 곳곳에 나타난 차원의 균열.
그것은 인류에게 종말을 고하는 신호탄이었다.
『괴물 포식자』
괴물을 먹어치우며 성장한 지구 최강의 사내, 신혁돈.
그는 자신의 힘을 두려워한 인류에 의해
인류의 배신자라는 낙인이 찍히고 죽게 되는데…
[잠식이 100%에 달했습니다.]
[히든 피스! 잠들어 있던 피닉스의 심장이 깨어납니다.]
불사의 괴물, 피닉스의 심장은
신혁돈을 15년 전으로 회귀하게 한다.
먹어라! 그리고 강해져라!
괴물 포식자 신혁돈의 전설이 시작된다!
Book Publishing CHUNGEORAM
유행이 아닌 자유추구 -
WWW.chungeoram.com

이경영 판타지 장편소설

FANTASY FRONTIER SPIRIT

# 그라니트

## 용들의 땅

GRANITE

사고로 위장된 사건에 의해 동료를 모두 잃고 서로를 만나게 된 '치프'와 '데스디아'.
사건의 이면에 상식을 벗어난 음모가 있음을 알게 된 둘은
동료들의 죽음을 가슴에 새긴 채 각자의 고향으로 돌아간다.
2년 후, 뜻하지 않게 다시 만난 두 사람은 동료들의 복수를 위해
개척용역회사 '그라니트 용역'을 설립해 다시금 그 땅을 찾게 되는데……

용들이 지배하는 땅 그라니트!
그곳에서 펼쳐지는 고대로부터 이어지는 운명적 만남,
깊어지는 오해, 그리고 채워지는 상처.

『가즈 나이트』시리즈 이경영 작가의 미래형 판타지 신작!

Book Publishing CHUNGEORAM

유행이 아닌 자유추구 -
WWW.chungeoram.com

# 미러클
# 테이머

## 인기영 장편소설
### FUSION FANTASTIC STORY

# MIRACLE
# TAMER

이계로 떨어져 최강, 최고의 테이머가 되었다.
그러나… 남은 것은 지독한 배신뿐.

배신의 끝에서 루아진은 고향, 지구로 되돌아오게 되는데……
몬스터가 출몰하기 시작한 지구!
그리고 몬스터를 길들일 수 있는 테이머 루아진!
그 둘의 조합은……?

# 『미러클 테이머』

바야흐로 시작되는
테이머 루아진과 몬스터들의 알콩달콩한
대파괴의 서사시!!

Publishing CHUNGEORAM

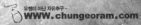

유행이 아닌 자유추구 -
WWW.chungeoram.com

# GRAND SLAM
FUSION FANTASTIC STORY

자미소 장편소설

## 그랜드슬램

2016년의 대미를 장식할 최고의 스포츠 소설!!

Career record : 984W 26L
Career titles : 95
Highest ranking : No.1(387weeks)
Grand Slam Singles results : 23W
Paralympic medal record : Singles Gold(2012, 2016)

약 십 년여를 세계 최고로 군림한 천재 테니스 선수.
경기 내내 그의 몸을 지탱하고 있는 것은…… 휠체어였다.

## 『그랜드슬램』

휠체어 테니스계의 신, 이영석(32).
그는 정상의 자리에서도 끝없는 갈망에 사로잡혀 있었다.

"걷고 싶다, 뛰고 싶다. …날고 싶다!!"

## 뛸 수 없던 천재 테니스 선수
## 그에게, 날개가 달렸다!!!

Book Publishing CHUNGEORAM

유행이 아닌 자유추구 -
WWW.chungeoram.com

# GAME BALL

## 게임볼

설경구 장편소설
FUSION FANTASTIC STORY

무명의 야구인이었던 남자,
우진이 펼치는 야구 감독으로서의 화려한 일대기!

『게임볼』

"이 멤버로 우승을 시키라고?"

가상 야구 게임,
게임볼을 통해 인생 역전을 꿈꾸는

한 남자의 뜨거운 행보에 주목하라!

Book Publishing CHUNGEORAM

유행이 아닌 자유추구 -
WWW.chungeoram.com

FUSION FANTASTIC STORY

서산화 장편소설

Miracle Direction
기적의 연출

천재 영화감독, 스크린 속 세상을 창조하다!

『기적의 연출』

대문호 신명일과 미모로 손꼽히던 여배우 김희수의 아들 신지호.
일가족은 불운한 사고로 인해 크나큰 비극을 겪는다.
이 사고로 섬광 기억(Flashbulb memory)이라는 능력을 얻게 된 그 순간!
그의 모든 게 달라졌다.

"배우의 혼을 이끌어내고, 관중의 영혼을 붙잡아야 합니다.
그게 제 목표입니다."

완전한 감독을 꿈꾸는 신지호.
이제 그의 영화가, 세상을 홀린다!

Book Publishing CHUNGEORAM